Une fille et un flingue

DU MÊME AUTEUR

Mephisto valse, *Grasset, 2001*
Le Peintre au couteau, *Grasset, 2005*
Polaroïde, *Grasset, 2006*
Alexis Fraikin, peintre, *Les Éditions du huitième jour, 2006*
Alain, le grand voleur, *Le Livre de poche, collection Biblio essais, 2006*
Cinéphilo. Les plus belles questions de la philosophie sur grand écran, *Hachette Littératures, 2008*
Éloge du mauvais geste, *NiL, 2010*
Vertiges du désir. Comprendre le désir par le cinéma (Cinéphilo 2), *NiL, 2011*
On/Off, *NiL, 2013*
Marc Petit. Le chemin se fait en marchant, *Abbaye d'Auberive, 2013*
Ainsi parlait Yoda, *Michel Lafon, 2015*

Ollivier Pourriol

Une fille et un flingue

roman

Stock

Illustration de bande : © Lucas Harari,
d'après une photographie de Julien Falsimagne

ISBN 978-2-234-08031-7

Aux girafes du zoo de Philadelphie

DANS LE NOIR

Les mots c'est pas mon truc, moi c'est les images. Mais bon il faut faire avec, ou plutôt sans. Personnellement, j'aime bien commencer par la fin, au moins on sait où on va. Ça va, ça tourne ? T'as assez de mémoire sur ton fossile ? Parce que j'ai pas envie de me répéter. Je disais c'est pas mon truc.

Ça ne vous fait pas ça, vous ? Dedans on était dans le noir, au chaud, dans l'histoire, et puis dès qu'on en sort, on retrouve la rue, la grisaille, la nuit, on peut pas lutter dès qu'on est dehors, la pluie, le froid, on se dit qu'on n'existe pas. Pas encore. Pas vraiment.

Alors le cinéma, évidemment. En être, en faire. Mais le cinéma, il ne suffit pas de vouloir, c'est comme l'amour, il faut qu'il veuille de vous. Et s'il veut pas, hein, s'il veut pas ?

Faut qu'on se présente quand même, je crois qu'on s'est pas présentés. Moi c'est Dimitri, je suis comme tout le monde, j'ai un nom mais ça veut rien dire, j'ai surtout un rêve, les yeux gris, un frère aussi, Aliocha, lui ils sont bleus, qui me filme là, derrière la caméra de son téléphone, et avec qui je le partage, hein, frérot, on peut le dire qu'on le partage, le rêve ? Le téléphone aussi. Parce que le mien, on me l'a confisqué. Le tien aussi. Celui-là, on l'a trouvé sur place, fourni par la maison, pour ainsi dire. Quand y en a pour un… C'est comme les lits superposés, quand on était petits, moi j'étais au plafond, toi tu dormais en dessous, on rêvait ensemble, déjà, beaucoup. Je ne dis pas ça pour justifier, mais on a eu une enfance. Il répond rien, là, parce qu'il s'applique, il documente. C'est plutôt lui qui devrait parler, la culture ça rend timide, je sais de quoi je parle, j'ai peur de rien. Je ne sais pas filmer non plus ; ça s'entend moins. Vas-y, Aliocha, dis quelque chose. Non, toujours pas ? On est les frères Koulechov, orphelins, mauvaises herbes, enfants sauvages, dites ça comme vous voulez, à la fin on est toujours seuls, mais on a le même amour, l'amour du cinéma. L'amour, ça commence pas toujours réciproque, ça veut pas dire que c'en est pas.

Un film c'est un hold-up. Je ne voudrais pas sonner comme un aveu, ni vendre la mèche, juste vous donner les circonstances, histoire d'atténuer. Pour l'instant, rien n'a été commis, mais la vérité, c'est comme les cigarettes, c'est mieux avec un filtre. Je dis ça, je fume pas, ou alors des très fortes, pour les sentir passer. Hitchcock disait qu'au cinéma les dialogues ne comptent pas, les mots c'est qu'une petite fumée qui sort de la bouche des personnages. Elle, elle fumait, beaucoup, une vraie bande dessinée ; je ne me souviens plus de ce qu'elle disait, je n'écoutais pas vraiment, je regardais juste ses bulles. Les stars, ça me fait toujours ça. Dedans il y avait des phrases du genre définitif : « Un film, il faut que ça marche, le faire ne suffit pas… », elle parlait très vite, comme si pressée d'en finir.

Les mots, c'est le truc de personne. Si je m'en sers aujourd'hui, c'est uniquement pour des raisons d'économie d'expression, soyons honnêtes c'est par défaut, Les mots, y a que ça dans nos moyens : ça vaut rien. Je veux dire dans un livre.

On aurait dû commencer par là, t'es d'accord, Aliocha ? Efface tout, on recommence. Dans la vie, on a le droit de tout rater du moment qu'à la fin ça fait une bonne histoire. Il y a une manière de raconter ses échecs, si on s'y prend bien, qui peut les transformer en succès. Je ne vous parle pas de mentir, mais de bien choisir ses mots. On appelle ça la dramaturgie. C'est elle qui nous a dit ça, la première fois qu'on l'a rencontrée. Nous on était déjà d'accord, à l'époque, alors aujourd'hui, tu penses. Ici tout le monde le sait où tu finis, si tu la racontes mal, ta vie.

Je vais faire de mon mieux, à condition que ça reste entre nous, eu égard à la confidentialité des personnes, dont certaines sont de notoriété. Au début on voulait faire un film sans stars. En même temps on n'en avait pas. Mais on tenait à faire un film sans George Clooney ni Julia Roberts, je dis ça pour l'exemple, pour marquer notre indifférence. Comme ils n'étaient pas disponibles, on a décidé plus modestement de faire un film sans Catherine Deneuve ni Gérard Depardieu.

Parce que le problème, dans ce métier… Godard a dit un truc là-dessus je crois, il faudra qu'on le retrouve, hein Aliocha, pour le coller là, ce que Godard a dit. T'oublieras pas, parce que moi je me connais. Et tu l'imites tellement bien. Allez, fais-nous ton Godard, juste une seconde. C'est la caméra qui te gêne. Donne, je te la tiens, vas-y :

« Le problème c'est que dans ce métier on n'est pris au sérieux qu'à quarante ans, et qu'est-ce qu'on fait en attendant ? »

Tu vois, c'était pas si difficile. Le petit tremblement dans la voix, l'air de se foutre de la gueule du monde entier… T'as une carrière d'imitateur, le jour où tu oses monter sur scène. Imitateur de Godard, tu me diras, va remplir des salles avec ça. Déjà que lui…

Oui, pardon, l'idée… Comment on l'a eue ? C'est plutôt elle qui nous a eus. Non, on ne regrette rien. D'accord on est en prison mais on a fait un film tout seuls, sans un sou, avec une star, et même deux. Rien n'était prémédité, on s'est laissé porter, pour le meilleur ou pour le pire. Ou pour les deux. Hein Aliocha ? Le pire et le meillleur, ensemble, comme des frères. Moi je ne regrette rien, toi si, je suis sûr, c'est ta nature. Truffaut à notre place il aurait fait pareil. D'ailleurs il l'a fait. Godard aussi. Besson n'en parlons pas. Quand personne ne vous attend, quand personne ne vous fait de place, il faut la prendre.

Aujourd'hui, on veut notre peau. Le mec de WikiLeaks aussi a des problèmes avec la justice. La vraie reconnaissance. Dans trente ans, dans cinquante ans, les cinémathèques montreront notre film. Ou pas. Si elles existent encore. C'est toujours comme ça. Il y a ceux qui font, et ceux qui regardent. Oui, on a plongé pour longtemps. Mais nous au moins, on l'a fait.

C'est pas toi qui m'as dit que Godard avait fait de la prison ? Pas longtemps, quelques jours, pour avoir le goût, – un peu d'asile aussi – ; qu'il volait sa famille, ses amis, qu'il était même parti avec la caisse des *Cahiers du cinéma* ? Et Truffaut, la prison pour mineurs d'abord, et puis la vraie, comme déserteur. C'est toi qui m'as mis cette idée dans la tête. Toi et Luc. L'idée que la Nouvelle Vague, c'était des voyous, qu'il fallait faire comme eux si on voulait s'en sortir. Mais s'en sortir de quoi ? Le cinéma, c'est pas une issue de secours, juste un puits sans fond. Sur un tournage, à chaque seconde l'argent file, que tu tournes ou pas, et quand tu tournes pas, c'est pire. Même respirer, ça coûte une blinde.

On nous l'a bien dit, à l'école. Bon, l'école est gratuite. C'est déjà ça. Grâce à Luc. Parce que lui, il se souvient de comment c'était avant l'argent et la gloire, quand on lui riait au nez, et que les banquiers lui répétaient le seul mot qu'ils connaissent. Mais « non » n'était pas une option. Il y a aussi cette phrase qu'il dit tout le temps : « *There is no free lunch.* » En français ce serait bof : « Il n'y a pas de repas gratuit », alors que « *No free lunch* » ça fait, je sais pas, comme un panneau de signalisation à un endroit dangereux, un truc écrit sur les bandes jaunes qu'ils mettent autour des scènes de crime dans les séries télé, genre « *No trespassing* » : « Ne pas trépasser », un conseil que tout le monde aimerait suivre, mais je n'ai jamais été très sûr de mon anglais.

Tout se paye, bien sûr, mais dire ça dans une école gratuite, c'était un peu ironique, non ? Quand je réfléchis, ça fait toujours des nœuds. J'y peux rien, c'est ma nature. Y a que le cinéma qui me dénoue. Quoi, Aliocha ? *No trespassing*, ça veut dire « Défense d'entrer » ?... Voilà, tout nous dictait de rester du côté des rêveurs, qui ne réclament jamais leur part. C'est notre chance, d'être frères. Si rêver c'est forcément dormir, rêver à deux se fait les yeux ouverts. Ce jour-là, cette seconde-là, je l'ai vu dans ton regard, Aliocha, on s'est réveillés en même temps.

D'abord, il y a eu la colère. Tout le monde a droit à son quart d'heure. Après, pour voir d'où on partait, on a vidé nos poches : deux caméras et deux micros... OK : deux téléphones. De nos jours, n'importe qui croit qu'il suffit d'avoir un portable pour pouvoir faire un film, c'est ridicule, mais ce jour-là, n'importe qui c'était nous. On s'est dit : partons de là, et partons loin. Tu as commencé à filmer. J'ai commencé à parler. Avec autant de désir et un peu de montage on pensait sincèrement qu'on aurait du talent. Mais ça se saurait, depuis le temps. Quand on a vu le résultat, on n'a pas pleuré, hein, on est restés dignes. On a compris qu'il allait falloir être plus radicaux, moins scolaires, moins honnêtes aussi peut-être, j'avoue.

On n'était pas désespérés, on était juste au bord. Peut-être qu'on attendait trop du cinéma, mais à l'âge où d'autres ont eu des parents, nous on avait les films. Tarantino, Scorsese, Coppola... Alors maintenant, faut pas vous étonner. On n'est les ciné-fils de personne, on vient de nulle part, mais vous pouvez être sûrs d'une chose, on ne compte pas y retourner.

C'est Depardieu qui nous a conseillé de faire un livre. On l'a rencontré au festival de Cannes, où on traînait avec Guy-Dominique, un mec de Saumur, et qui dit Saumur dit vins de Loire ; qui dit vins de Loire dit Jean Carmet, tous ces vins de soif sans prétention dont il était friand avec une andouillette, et donc forcément Gérard, par association. Guy-Dominique c'est un ami de Madeleine, une productrice dont il sera question plus tard, qui a tourné avec Gérard. Guy-Dominique, tu te souviens de comment on l'a connu ? Moi non plus. Sur la Croisette on se croise, à force parfois on se rencontre.

Bref, il nous a fait entrer au Carlton parce qu'il pouvait le faire, qu'il était tard, qu'il ne se passait plus rien, et qu'il fallait bien essayer d'impressionner la fille. La fille, elle était là depuis le début, très belle, vraiment, du genre à monter les marches sans aller voir le film, à cause d'un contrat avec une marque de shampooing ou de lingerie classe – vous le savez peut-être pas, mais les belles filles qui montent les marches, elles redescendent aussi sec par l'ascenseur direction la sortie des artistes. À Cannes tout le monde se bat pour avoir une accréditation, mais la beauté y a pas mieux comme badge. Elle s'appelait Khatia.

« Avec elle, nous dit Guy-Dominique, on peut entrer partout et elle croit que c'est grâce à moi. Elle n'est pas que jolie, mais bon à Cannes, les filles jolies et intelligentes, il leur arrive la même chose qu'aux filles jolies tout court. On les laisse entrer quand même... Je lui présente des réalisateurs, des producteurs, on ne sait jamais – elle a quelque chose, vous ne trouvez pas ? Madeleine l'a beaucoup aimée, on a dîné avec son nouvel associé du Panama ou du Costa Rica je crois, Diego. Elle lui a tellement plu qu'il lui a tout de suite proposé un rôle : le mariage. »

Là Khatia se marre :

« Ces milliardaires, ils croient toujours qu'ils peuvent tout acheter. Moi le mariage, non mais vous m'avez regardée ?... »

La réponse était oui.

Il était trois heures du matin, l'heure où il est trop tard pour aller se coucher et trop tôt pour, ben pareil, aller se coucher – surtout quand on dort sur la plage –, Gérard était au bar, de dos, nous on l'avait pas vu, on avait pas mal bu, mais Guy-Dominique bien sûr, physionomiste, avec son métier, aux aguets.

« Gérard, je te présente les frères Koulechov, Dimitri et Aliocha, des étudiants de Luc, tu connais Khatia, je leur parlais de Jean Carmet justement, je leur disais à l'époque on savait s'amuser, alors que maintenant, franchement, Cannes. »

Depardieu tirait la gueule, il avait l'air fatigué, quand il a entendu « Jean Carmet », ça l'a un peu réveillé. Il nous a regardés, dans les yeux, sans rien dire. Puis il a commandé une bouteille de vodka : « pas pour moi, il a dit, t'as raison, on s'emmerde, je vais y aller, mais pour Khatia et les frères. C'est ta tournée, Guy-Do ? »

« Bien sûr Gérard. C'est pas toi qui m'as raconté que Jean aimait bien se déguiser en bonne sœur et fouiner dans le rayon lingerie du Bon Marché ? »

« Non c'est pas moi. »

« C'est pas toi qui m'as raconté que Jean avait la phobie d'être renversé par un camion, et qu'un soir où il était fin bourré, vous l'aviez entièrement plâtré puis abandonné sur une pelouse place Dauphine ? »

« Non c'est pas moi. Mais quand Jeannot s'est réveillé, on l'a conduit à l'hôpital et quand on lui demandait : "Ben Jeannot, qu'est-ce qui t'est arrivé ?"Lui : "Je sais pas. J'ai dû me faire renverser par un camion." Bon je vais me coucher… »

De but en blanc, à cause de la fenêtre d'opportunité, comme on dit à L.A., qui allait se refermer, et de l'alcool surtout qui nous avait bien ouverts, je lui ai demandé, à Gérard, juste avant qu'il disparaisse pour toujours, s'il accepterait de jouer dans notre film. Quel film ? disaient les yeux d'Aliocha… S'il répond oui, on verra bien. Depardieu s'est levé d'un coup, j'ai cru qu'il allait nous casser la gueule, mais non.

« Pas un film, il a dit, c'est trop cher, il vous apprend rien, Luc ? Ça va qu'elle est gratuite, son école, sinon faudrait rembourser. Truffaut, il a rien appris à l'école. Godard, il s'est formé sur le tas. Besson, dans les Clubs Med et les couloirs du métro. Le cinéma, l'école, ça va pas ensemble. On n'apprend rien à l'école, c'est même à ça qu'on la reconnaît. Comme la prison… Les bons voleurs n'y mettent jamais les pieds. Moi j'y suis passé, je peux te dire, tout ce que j'y ai appris, c'est qu'il fallait pas y retourner. Y a pas d'école du crime, soit tu sais, soit faut pas t'en mêler. Le cinéma, pareil : si t'es pas fait pour, faut pas insister. Toi là, comment tu t'appelles ? Aliocha… T'as pas l'air russe. Tu pourrais. Je t'ai regardé réfléchir. Tu réfléchis, c'est bien. C'est un début. »

Pendant qu'il parlait, il essayait de faire tenir deux pièces l'une sur l'autre, sur la tranche, sur le comptoir, pour voir.

« J'ai connu un type qui pouvait en faire tenir trois comme ça, verticales. »

Comme ça marchait pas trop, il a laissé tomber :

« Un film, non, j'en ai marre. Mais un livre, c'est d'accord, je veux bien jouer dedans. »

On n'a pas compris tout de suite. T'avais compris, toi, Aliocha ? Moi pas. Il s'est approché, je sais pas ce que j'avais fait pour mériter autant d'attention, alors que juste à côté de moi, il y avait Khatia quand même :

« T'as compris le truc ? Non t'as rien pigé, je vois bien dans ton regard. Écoute-moi bien Dimitri, approche-toi, je vais te le dire à l'oreille… Le secret, c'est la linguistique. »

Et puis il s'est marré, comme il fait dans les films de Blier, vous voyez ce rire. Il a répété :

« La linguistique. »

On est restés longtemps, comme ça, à réfléchir sans comprendre. Khatia a dit :

« Bon moi je vais rentrer. »

Tête de Guy-Do. Gérard a dû avoir pitié. En même temps, c'est pas son genre. Pour des raisons qui nous échappent et qui lui appartiennent – il faudrait lui demander –, il n'est pas allé se coucher, Khatia est restée, et il nous a expliqué.

BRAD PITT ENTRE AU CARLTON

« Les voyous de la Nouvelle Vague, c'était des amateurs. L'argent pour faire leurs films, ils l'ont même pas volé, ils l'ont juste pas dépensé. Ils n'ont braqué personne. Ils ont fait des films moins chers, c'est tout : pas en studios, sans lumières, sans son, parfois sans couleurs. Il paraît même qu'ils ont payé tout le monde. C'est qu'une histoire de matériel. Avant, une caméra, ça pesait cent kilos, fallait deux mecs pour la déplacer, trois mecs pour poser le pied, pour filmer fallait des kilos de watts/heure, des jours d'installation, des syndiqués par-ci, des camions par-là, alors qu'avec la Trix-X, fini les problèmes de pellicule, tu peux filmer même la nuit, et avec la Bolex 16 mm, tu peux tourner à la main, en courant si tu veux, ou en voiture-travelling. Alors faut arrêter avec Godard, Truffaut, Machin, Bidule, c'est pas eux qui sont devenus plus légers, c'est la caméra – ça tourne, là, votre truc ? –, c'est pas eux qui sont devenus plus sensibles, c'est la pellicule. C'est trop facile de dire que le cinéma, ça coûte cher. À la fin des fins, la der des ders, le nœud de la guerre, c'est pas l'argent, c'est les mots.

Te retourne pas, Aliocha. Juste derrière toi, y a Brad Pitt qui vient d'entrer dans le hall. J'ai dit te retourne pas, Dimitri. Je vous tutoie, hein, parce que toi ou lui, c'est pareil, pour l'exemple. Imagine, Koulechov, mettons, t'es rien, t'es personne, t'es pas encore frère Coen, ni Dardenne, ni sœur Wachowski, t'es toi ou ton frère, tu prends ton petit carnet et tu écris cette phrase : "Brad Pitt entre au Carlton." Vas-y, filme-la. Dans un scénario, c'est une phrase à plusieurs millions de dollars. Le Carlton, ça va, on peut faire un partenariat, mettons le producteur c'est Guy-Do, il les connaît : on filme la façade, on cite la marque au générique, on leur file des caisses de pinard, mais "Brad" et "Pitt" sont deux mots qui coûtent très cher ensemble, et qui boivent pas du mousseux.

La seule difficulté d'interprétation, dans un film, c'est le budget, t'es d'accord Guy-Do ? Prenez cette ligne, justement : "interprétation" – le salaire des acteurs. Pour toi, comme auteur, "Brad Pitt" c'est rien, quelques lettres sur du papier, mais pour la production, une fortune. Alors Guy-Do va tenter d'aménager un peu ta phrase, après tout, pourquoi Brad Pitt ? "Un homme mince, la quarantaine bronzée, entre au Carlton", c'est très bien aussi. Et surtout moins cher. "La quarantaine", on s'en fout, c'est juste pour donner une idée. Maintenant, faut remplir la case. Si tu remplaces Brad Pitt par moi ou Dany Boon, tu ne fais pas forcément d'économies, il y a même des chances que ça te coûte plus cher, parce que les acteurs français, on les connaît. Alors qu'un Américain, il est prêt à se mettre en participation pour permettre au film d'exister, ça fait partie du jeu. Regarde les génériques : Clooney, Pitt, Jolie, DiCaprio, tous coproducteurs. Il m'arrive de le faire, je peux être américain aussi, pour les copains. Tu vois, au cinéma, le problème est aussi la solution. Tout ce qui est trop cher peut devenir gratuit, et même te financer. C'est les frères Weinstein, Bob et Harvey, qui ont pigé les premiers. Leur méthode était simple : "Si tu veux acheter une vache, commence par revendre son lait." Et avec l'argent du lait, tu rachètes la vache. Il ne faut pas vendre la peau de l'ours avant de l'avoir tué, c'est entendu, mais comme disent Bob et Harvey, quel intérêt de tuer l'ours si tu n'as pas déjà revendu sa peau *plusieurs fois* ?...

Je vais vous montrer. Dimitri, Aliocha, mettez-vous à la place de l'acheteur, passez derrière le bar, pour voir. Il faut bien vous vendre quelque chose, puisque vous voulez acheter. Mais on ne peut pas vendre "le film" ; pour l'instant il n'y a qu'un scénario, des "notes d'intention", du blabla. Alors on vous vend quoi ?

Si je vous dis : "C'est l'histoire d'une tenancière de bar qui fait une déprime et quitte tout, il me faut un million", vous allez me rire au nez. Mais si je vous dis : "Deneuve tient un bar, et sur un coup de tête s'en va, ça s'appelle *Elle s'en va*, il me faut un million", vous allez réfléchir. Vous risquez toujours de perdre votre million, mais au moins, vous l'aurez fait avec Deneuve. Ça a quand même plus de gueule que de parier sur un premier film tourné par des merdeux sortis de la cuisse de Louis Lumière ou de la Fémis. Deneuve et Depardieu, c'est comme le rouge et le noir à la roulette. Vous pouvez parier sur l'un ou l'autre, à la fin, statistiquement, vous perdez toujours contre le casino, mais vous l'aurez fait avec panache.

C'est pour ça que Guy-Do il est là, à me payer des verres, à m'offrir des bouteilles. Pourtant il est fauché, et c'est pas donné, ici : mais s'il veut faire un film, il sait qu'avec moi, même s'il n'est personne, ce sera comme dans du beurre. J'ai au moins trois messages de ma vieille copine Madeleine, elle veut à tout prix qu'on fasse son film sur Cayenne. C'est quelqu'un, Mado, on l'adore. On s'est bien marrés, on a fait des films en se tapant sur le ventre et en se remplissant les poches. Elle sait vivre. Mais maintenant qu'elle est au pied du mur, qu'elle reçoit du papier bleu tous les jours, de la mise en demeure comme s'il en pleuvait, des honoraires d'avocats, des coups de fil des banquiers, maintenant que Toscan n'est plus là et que la Terre a tourné, qu'est-ce qui lui reste à Mado ? Elle appelle son Gégé pour tenter un dernier coup, un petit casse d'un million, pour se remettre à flot. Elle sait que juste avec mon nom, elle peut se refaire. Tu comprends le paradoxe ? C'est parce qu'elle a plus un rond, et que je suis trop cher, qu'elle me veut dans son film.

Parce que les mecs qui l'attendent au tournant, Madeleine elle va leur vendre ce qu'ils ont déjà acheté. Aux banquiers, comme leur nom l'indique, elle va vendre du *bankable*. Du Depardieu, de la Deneuve, ça ça part tout seul, c'est de la valeur sûre, de l'assurance-vie, on peut compter dessus, on n'est jamais déçu. Le truc, c'est que la star *bankable*, plus elle est chère, plus elle rassure. Les agents l'ont bien compris : ils réclament des cachets déments pour leurs stars, parce qu'ils savent que les producteurs n'ont que ça à vendre. À qui ? Essentiellement à la télé. La télé est obligée d'investir dans le cinéma, mais ne veut payer que s'il y a des stars. Donc, alors même que le film n'existe pas encore, il y a déjà un gros paquet de fric pour la star, parce qu'elle rend le film possible sur le papier. Dans la réalité, une fois que la moitié du budget est partie dans son salaire, et dans celui du producteur, il faut rogner sur tous les autres postes. Plus il y a d'argent pour la star, moins il y en a pour le film. C'est un cercle vicieux. Ça fait une merde de plus sur les écrans, mais Gégé peut s'acheter un nouveau vignoble, et Mado garder sa maison. Vous comprenez ? Non ? Je vous avais prévenus, ça sert à rien l'école. Si y a besoin d'expliquer, c'est que tu peux pas comprendre.

Je résume : les mecs de la télé sont tellement trouillards qu'ils préfèrent payer une fortune des noms qu'ils connaissent, plutôt que plonger dans l'inconnu. Alors qu'ils y plongent. Qu'ils le fassent en tenant la main de quelqu'un de connu ou pas, rien ne leur garantit qu'il y aura de l'eau au fond de la piscine. C'est ça, le cinéma : plonger les yeux fermés dans une piscine vide, et essayer de la remplir pendant le temps de la chute.

Pour en revenir à Brad, si maintenant t'écris la même phrase, mettons demain dans *Nice-Matin :* "Hier soir, Brad Pitt est entré au Carlton." Cette fois la phrase est gratuite. Elle a un inconvénient : il faut qu'elle soit vraie. C'est une possibilité. Infime. Brad fréquente plutôt l'Eden-Roc à Antibes, comme Bob ou Sharon. Et c'est une phrase d'un intérêt limité. Brad Pitt ou Tartempion, le journaliste s'en fout, il est payé à la ligne.

Mais si dans un roman t'écris : "Brad Pitt entre au Carlton", cette fois tu n'as besoin de personne, comme Bardot en Harley Davidson, tu es libre, et Brad bosse gratuitement pour toi comme un vulgaire intermittent heureux de faire ses heures. Bien sûr, tu risques un petit procès. C'est ce qui est arrivé à l'autre, là, comment il s'appelait, Guy-Do, le mec qui a écrit *La Première Chose qu'on regarde ?* Je l'ai pas lu, mais on m'a raconté, c'est l'histoire d'une belle gonzesse, et comme l'auteur n'avait pas envie de s'emmerder, à l'heure d'Internet il a dû se dire qu'il pouvait s'épargner la peine d'un Balzac obligé de tirer à la ligne pour décrire *La Fille aux yeux d'or* – Khatia, tu as lu *La Fille aux yeux d'or* ? Elle te ressemble… Bref il décide que son héroïne est le sosie de Scarlett Johansson. Malin. Plutôt que de se creuser la cervelle pour exciter ses lecteurs, il écrit "Scarlett Johansson". Ça économise du papier, des heures d'écriture, des minutes de lecture, et oui elle est bandante, tout le monde y gagne. Sauf que Scarlett pas contente. La vraie Scarlett existe, merde ! Elle tape du poing sur la table, elle a une vie privée, une dignité, une fierté, et puis pas de bol, elle s'est installée en France, avec un Français, à Paris, pas loin d'une librairie, je te dis pas où, je suis pas une balance. La *lose* pour l'écrivain français. Il aurait pu choisir une star plus lointaine, ou moins procédurière, même morte, Marilyn aurait fait l'affaire, mais voilà, Monsieur a pris une star *next door.*

Scarlett et son boys band d'avocats lui signifient le fond de sa pensée : "Attends mon pote. J'ai bossé comme une folle, ça fait vingt ans que je tortille, j'ai pas fait tout ça pour t'épargner ton boulot d'écrivain. Sur mon cul, y a pas marqué 'Figure de style' ! Merci de ne pas ôter le pain de ma bouche de sex-symbol, et si tu veux utiliser ma marque, fais comme tout le monde : passe à la caisse !" Je résume. Que décide le tribunal ? Un tribunal français, bien de chez nous, que je soupçonne volontiers d'antiaméricanisme secondaire – parce que ces gens ne sont pas primaires –, ou d'un léger patriotisme culturel : "OK, Scarlett, le petit abuse. Il n'aurait pas dû parler de tes histoires de cœur… Pour le reste, en effet sur ton dos y a rien d'écrit, même si on peut lui concéder et figure et style. Donc l'écrivain n'a rien piqué du tout. Une star ne s'appartient plus, c'est nous qui lui appartenons. Tu règnes déjà sur nos imaginaires, viens pas ruiner le descendant de Victor Hugo au pays des *Misérables*. Continue à visiter Notre-Dame, à faire du bateau-mouche, à aimer le camembert, et laisse Quasimodo fantasmer tranquille sur Esmeralda." Quasimodo, il a vendu au moins cent mille exemplaires de son bouquin, mais bon, pas grâce à Scarlett. Quand on achète un roman, c'est pas pour lire *Voici*. L'écrivain a pris deux ou trois cent mille balles. Et le tribunal l'a condamné à deux mille cinq cents d'amende. Deux mille cinq cents euros pour se payer Scarlett… Tu piges le message ? Scarlett Johansson, au cinéma ça coûte bonbon. Mais en littérature, les amis, c'est cadeau !

Alors Gégé, pourquoi pas ? Personnellement, je vous conseillerais plutôt Deneuve, elle aime lire, elle a de l'humour. Et puis c'est l'élégance française, le sens civique aussi, roman et cinéma peuvent se serrer les coudes, au nom de l'exception culturelle. En même temps, si Catherine t'attaque, le tribunal lui donnera raison. À Scarlett non ; à elle oui – patrimoine national. Deux gamins avec un patronyme russe n'ont aucune chance contre Marianne. Je suis peut-être une meilleure idée. "Minable", "évadé fiscal", depuis que je suis parti chez Vladimir, j'ai eu droit à tout : si tu utilises mon nom dans un bouquin, même en portant atteinte, un tribunal français te condamnera maximum à un rouble symbolique. Non, Gégé c'est du tout cuit, encore plus facile que Scarlett.

Je ne dis pas que je ne viendrai pas me faire justice moi-même. Tu n'es pas à l'abri d'une grosse tarte dans la gueule. Les risques du métier. On peut aussi finir copains comme cochons. Et les cochons, je les soigne. Je suis imprévisible, c'est tout mon charme. Même si tu me payes une fortune, tu ne pourras jamais être certain que je viendrai sur ton tournage, parce que même moi j'en sais rien – alors qu'*a priori* je suis bien placé, hein, t'es d'accord, je devrais pouvoir te renseigner, mais si tu savais comme je suis toujours le premier surpris, jamais là où je m'attends.

Par contre le mot "Depardieu", tu peux lui faire faire ce que tu veux dans ta phrase, au doigt et à l'œil, pour pas un rond. Comme une nouvelle monnaie, au début ça vaut rien, et puis peut-être un jour, à force.

C'est ça, la linguistique. Marx disait : "Le concept de chien n'aboie pas." Moi pareil, le concept de Depardieu ne mord pas ; le vrai, si. À la fin, c'est Marx qui a raison, le charme des mots est supérieur. Tu vois, Aliocha, les Russes, c'est toujours les plus forts. Je suis pas Luc, hein, je vous fais pas l'école, mais écoutez mon conseil, moi aussi c'est gratuit : si vous voulez vraiment me faire jouer, faites un livre, c'est plus sûr. »

Il nous a resservi de la vodka. Une fois la bouteille vide, il en a commandé une autre, toujours sur le compte de Guy-Dominique. Et puis il n'a plus bougé. Il regardait dans le vide.

« Le cinéma n'appelle pas. Il n'attend pas comme l'écrit, cette précipitation dans le livre. Quand personne ne fait du cinéma, le cinéma n'existe pas, n'a jamais existé. Quand personne n'écrit, l'écrit existe encore, il a toujours existé. Quand ce sera fini, sur le monde mourant, la planète grise, il existera encore partout, dans l'air du temps, sur la mer. »

Dehors on entendait des cris d'ivrognes sur la Croisette. Des coups de klaxon, des rires. Mais dedans, il n'y avait plus que sa voix. Khatia était émue. Je vais pas vous mentir : nous aussi. Il s'est tourné vers Aliocha :

« T'as aimé ? C'est pas de moi. Tu devineras jamais. Non, pas de Fellini non plus. Fellini, j'ai pas connu. Ça m'aurait plu. Il disait que les marionnettes aimaient être des marionnettes si le marionnettiste était bon. Se faire manipuler OK, mais pas par n'importe qui…

Raoul Lévy, tu vois qui c'est ? Après avoir produit *Et Dieu… créa la femme*, il a monté un film avec BB et Sinatra, sans scénario, juste en disant à Bardot que Sinatra rêvait de jouer avec elle, et à Sinatra que Bardot rêvait de jouer avec lui. Ça les a flattés, ils ont tous les deux dit oui. Sinatra ne pouvait que l'été. Mais l'été, pour Brigitte, c'est sacré : elle n'a pas voulu quitter la Madrague. Le film a failli se faire. *Paris by night.* Les affiches existent… *Drôle d'endroit pour une rencontre*, pareil : c'était écrit pour Catherine et moi, j'ai fini par dire oui parce qu'elle m'a convaincu qu'on devait le faire ensemble. À quoi ça tient… Deneuve ou moi, Brad Pitt ou qui tu voudras, t'as compris la leçon ? Nous ce qu'on aime, c'est être des marionnettes. Du moment qu'on voit pas les fils… Tu couperas ça, hein, Koulechov ? Je compte sur toi, Guy-Do. Et arrête de te faire du mouron, la multiplication est pour moi. »

Il voulait dire l'addition, mais on était au Carlton. Il a payé, et puis il s'est barré.

C'est pour ça qu'on fait un livre, enfin qu'on le filme parce que les mots, vraiment. Mais bon, Gérard a dit que c'était notre seule chance de tourner avec lui. Alors on tourne un livre, c'est caméra-stylo, on filme les mots qu'on dit comme si on les écrivait, et on remplit la page, en attendant de la tourner.

LA LETTRE VOLÉE

Pas de doute, on avance. Gérard a accepté de jouer dans notre histoire, même si on n'a pas encore d'histoire. Grande preuve de confiance. Solidarité russe peut-être. Au fond, c'est dans les yeux, tu l'as ou tu l'as pas, ça s'explique pas. Le grand fauve te renifle, il marche à l'instinct et c'est quitte ou double.

Déjà on a Depardieu. Enfin, le mot. Si on joue bien notre carte linguistique, on va voir les télés, on dit « Abracadepardieu ! » et hop ! magie du cinéma, juste avec le nom du dragon, les sorcières nous donnent leur trésor. Ni vu ni connu, on achète la vache en revendant son lait, et on tourne notre film ! Joie, pleurs de joie, champagne, tout ça, mais très vite aussi la question, tu as raison, Aliocha : quel film ? Et puis, qui va nous recevoir ? On n'obtient pas un rendez-vous à la télé en claquant des doigts. Il faut être producteur. En une seconde tout s'écroule, on se croyait arrivés au port et nous voilà rejetés en pleine mer. Adieu Gérard et la vache à lait, bonjour Perrette et le pot au lait.

C'est notre première douche froide, épreuve sur la route, péripétie... Ce qui ne te tue pas te rend – pas forcément plus fort mais bon, ne te tue pas, c'est déjà pas mal… Aide-moi Aliocha, oui voilà c'est là qu'on a eu le courage de se dire : « Le film on n'en a rien à foutre, faisons les choses dans l'ordre : d'abord les acteurs, après le scénario. »

Pour commencer, soyons réalistes, quand Depardieu dit qu'on ne peut pas compter sur lui, il faut lui faire confiance. Le cinéma, c'est beaucoup de rendez-vous manqués aussi. Il a raison, Deneuve est une meilleure cartouche.

Donc on va voir Deneuve, on lui dit :

« Gérard ».

Elle dit :

« Quoi Gérard ? »

Elle dit comme ça, avec son petit air irrésistible, légèrement excédé, on ne sait pas si c'est par lui ou par nous, peut-être un peu les deux :

« Quoi, Gérard ? »

On se démonte pas, on enchaîne :

« Il veut absolument jouer avec vous. Vous avez entendu parler de *Paris by night* ?… » Elle se radoucit, s'allume une cigarette, on va pouvoir discuter.

Attends, on va trop vite, c'est la jeunesse, les hormones. J'ai sauté des étapes. Comment on a fait pour l'approcher, Catherine ? Bien sûr on a lu toutes ses interviews, il y en avait une où elle racontait qu'un jour elle avait écrit une lettre à Lars von Trier pour jouer dans ses films, une vraie lettre, pas un mail ou un texto ou un truc tapé par sa secrétaire, non : un truc à la main pour dire son désir en personne, comme à l'époque de la signature au rouge à lèvres. Alors nous aussi. Aliocha, tu lui as écrit une belle lettre, à l'encre, sans ratures, *old school*, on aurait dit un manuscrit tellement ça faisait authentique, limite XVIIIe siècle. Pas question de passer par son agent. On a cherché son adresse partout, pendant des semaines, dans le quartier Saint-Germain, on guettait sa silhouette dans la rue, et on a fini par la trouver, dans l'annuaire – ton idée, Aliocha. Moi je voulais appeler tout de suite, ambiance plus de temps à perdre mais tu m'as retenu :

« Dimitri, Mitia, mon frère, je t'en prie ne fais pas ça, écoute-moi pour une fois, on joue la délicatesse, pas la vitesse, et même une certaine lenteur, d'où la lettre. Le téléphone, ça pourrait tout casser… »

Va pour la lenteur, j'ai dit. Mais alors par coursier.

Elle était bien ta lettre, avec du sentiment et tout. Rien que le papier était terrible, bleu horizon, épais, dans une enveloppe bleu nuit, achetée au BHV, scellée à la cire, ça avait beaucoup de cachet, vraiment, ce disque rouge frappé d'un K comme « une lune de sang dans le ciel nocturne », tu avais tout pensé Aliocha, avec ton soin habituel, comme un orfèvre, message contre l'époque, ancien régime d'exception, pour la reine Catherine.

À l'intérieur, c'était pas moins bien. Difficile de résumer ; l'âme, c'est comme les champignons, ça pousse dans l'ombre, loin des spotlights, les poètes se cachent pour écrire. Aliocha, tu veux pas raconter en personne ce qu'elle disait, ta lettre ? Moi je vais marcher sur tes pieds, écraser tes vers, je vais dire en gros au lieu de faire dans le détail, et tu vas m'en vouloir. J'ai pas la mémoire de ces choses-là, tu sais bien, la délicatesse et moi… Ça commençait comment déjà ?

Chère Catherine D,

Nous pourrions nous présenter, mais vous ne nous connaissez pas. Dimitri et Aliocha : nous ne sommes rien, vous êtes tout. Vous vous souvenez sans doute de n'avoir été rien non plus, et d'avoir eu votre chance. Pour vous, c'était Jacques Demy et les deux sœurs jumelles. Nous ne sommes pas jumeaux mais nous sommes frères, c'est un signe peut-être.

Alors voilà, c'est très simple, nous sommes juste deux garçons qui rêvent de faire jouer une fille. Nous avons écrit un film pour vous, nous aimerions vous en parler. Ça vous prendra trois minutes. Nous n'insisterons pas, votre temps est précieux, et le nôtre est compté. Chaque heure qui passe nous éloigne du cinéma, ou nous rapproche de notre film, c'est selon. Selon vous.

Les frères Koulechov

Tu n'as gardé qu'un brouillon, gros malin, et aucune copie. C'est ça, d'écrire à la main. Tout est original, et tout est perdu. On ne pourra jamais la relire mais elle lui a beaucoup plu, ta lettre. Le paradoxe, c'est qu'elle ne nous a pas écrit pour nous le dire, elle nous a appelés. Mon téléphone a sonné, numéro masqué, j'ai pas répondu, ah moi numéro masqué, par principe, je réponds jamais. C'était elle. Elle a laissé un message, très sympa : « Bonjour c'est Catherine Deneuve, j'ai bien reçu votre lettre, oui pourquoi pas, on peut se rencontrer bien sûr, pour parler de votre truc, là je pars à la campagne, alors je ne sais pas, je vous rappellerai. »

On l'a écoutée en boucle, on n'y croyait pas, tu te rends compte, elle nous a appelés, en personne… C'était aussi simple que ça ! C'est bien sa voix, à elle, pas de doute, vas-y remets… Et puis, à force, par erreur, on l'a effacé, son message.

La semaine qui a suivi a été très longue. Celle d'après aussi. La suivante un peu moins, on avait commencé à s'habituer à l'idée qu'on avait peut-être été victimes d'une hallucination collective, c'est rare mais ça existe, regarde l'amour déjà, sans parler religion. Pourtant, c'était bien elle, c'était sa voix. Un canular ? Pas possible, personne n'était au courant, à part nous. Peut-être que le coursier s'était trompé d'étage, qu'elle avait une voisine malintentionnée, qui aimait lui voler son courrier et l'imiter au téléphone, non c'était absurde, peut-être qu'elle nous faisait marcher, non, trop cruel. Aliocha, toi tu trouvais que c'était déjà pas mal, on avait parlé à Catherine Deneuve, enfin, elle avait voulu nous parler, on ne pouvait pas le prouver, mais ça resterait notre fierté, notre secret. Même si notre aventure dans le cinéma s'arrêtait là, ça n'était pas rien. Pour toi, la seule possibilité, c'est qu'elle avait perdu la lettre, avec nos coordonnées, ou qu'on la lui avait volée. Un collectionneur, un fétichiste, un fan. Elle l'avait posée sur une table dans un café, un moment d'inattention… Un jour on retrouverait notre lettre, dans une enchère, ou dans un musée… Moi, j'étais moins en paix. Je trouvais que ça se faisait pas, semer de l'espoir et disparaître, non vraiment ces actrices n'étaient pas des gens comme nous, elle se prenait pour qui, et elle allait voir ce qu'elle allait voir, on avait un destin, nous les frères Koulechov, personne pourrait se mettre en travers. Je voulais appeler chez elle et lui laisser un message comme Besson avait fait avec le banquier qui lui avait refusé un prêt pour son premier film : « Je m'appelle Luc Besson. N'oubliez pas ce nom… » « On est les frères Koulechov, n'oubliez pas… » Tu n'as pas voulu, et moi non plus au fond, j'aime bien quand mon frère m'empêche d'être aussi con que je pourrais, même si les rôles sont distribués comme ça depuis tout petits : toi tu réfléchis, moi j'y vais.

Et puis on l'a reçue. Sa lettre. Y avait pas son parfum, mais on l'a reniflée quand même, dans le doute. C'était pas un roman, juste une carte de visite, avec son écriture qui disait : « Pardon d'avoir tardé. Rendez-vous vendredi prochain à 15 heures à l'adresse indiquée. Catherine D. »

Elle nous donnait rendez-vous à l'étage du cinéma du Panthéon, dans un salon de thé très chic avec des grands canapés en cuir, des couleurs chaudes, classe mais sans prétention, sophistiqué mais accueillant, très *cosy*, new-yorkais, un peu *lounge* avec des beaux livres, une expo de photos d'art, des gens qui parlent tout bas en buvant du jus de gingembre et en mangeant des gâteaux sans faire de miettes, à la fois très simple et très beau, personne n'en parle tout le monde le sait, c'est elle qui a fait la déco.

Quand on est arrivés, en avance, elle était déjà là, au fond de dos près de la baie vitrée, on la reconnaissait bien, un bras sous le coude, en train de fumer et de parler avec quelqu'un, un vieux monsieur qu'elle faisait s'étouffer de rire, lui sa silhouette c'était plutôt Orson Welles, avec une drôle de crinière blanche, mais un rire de jeune fille.

« Putain c'est Jean Douchet... tu m'as chuchoté.

– Qui ?

– Laisse tomber. »

Pendant qu'on n'osait pas s'approcher, et comme je ne laisse pas tomber, toi qui d'habitude ne dis jamais putain, tu m'as expliqué qui était Jean Douchet, un grand critique, ancien des *Cahiers du cinéma*, époque Nouvelle Vague, spécialiste de Murnau, de Renoir, de Mizoguchi, de Ford, d'Ophüls, de Hitchcock, mais aussi de Brian De Palma, de Clint Eastwood, de Michael Mann, attends dis-moi plutôt de quoi il est pas spécialiste, ça ira plus vite. De rien, il connaît tout, on le surnomme « la Cinémathèque », quand Godard a un doute, il l'appelle pour lui montrer son premier montage, Coppola lui fait lire ses scénarios avant tout le monde. C'est Jean Douchet, c'est un monstre.

Catherine Deneuve nous repère, nous fait signe, on s'approche, elle nous présente :

« Jean, voici... Aliocha et Dimitri ; lequel est Aliocha ? C'est vous, n'est-ce pas ? Ce sont les frères Koulechov. Ne riez pas, Jean, je sais à quoi vous pensez, mais c'est vraiment leur nom. Ou leur nom d'artistes, qui sait ? Aliocha, Dimitri, inutile de vous présenter Jean Douchet, je suis sûre que vous le connaissez ! »

Moi :

« Bien sûr, la Cinémathèque !

– Pas seulement, pas seulement. Jean donne aussi des cours ici, enfin des cours, j'espère que vous pouvez rester ce soir pour l'écouter, après le film qu'il présente. C'est quoi, Jean, ce soir ? Un Renoir, non ?

– *Le Fleuve.*

– Je ne m'en lasse pas... Renoir, c'est vraiment...

– Vous connaissez ma petite philosophie, Catherine : l'Univers c'est le mouvement. Toute fixité est criminelle, ou dangereuse, ou fausse… Le cinéma, c'est quoi ? On pose une caméra, et on voit ce qui se passe. La vie a sa vie propre. Elle est jaillissement permanent. Elle n'a pas à s'expliquer…

– C'est ce que je dis toujours. C'est extraordinaire, Jean voit des choses que personne ne voit. Pourtant, elles sont là. Et dès qu'il les dit, on les voit aussi. Comme *La Lettre volée*, tant qu'on ne l'a pas remarquée… Vous voyez, Jean, ce qu'on disait. Dimitri et Aliocha m'ont écrit une lettre, oui une vraie… Avec un superbe poème de Wordsworth, *Splendour in the Grass*, "La Splendeur de l'herbe", c'est vous qui l'avez traduit ? J'ai toujours cru que c'était "La Splendeur *dans* l'herbe"… Rien que pour ça, j'ai eu envie de les rencontrer. Mais dites-leur, vous, Jean. Aliocha, Dimitri, vous voulez faire du cinéma, c'est bien. Enfin, tout le monde veut faire du cinéma, ça n'a aucun intérêt. Elle est très poétique, votre lettre, faites de la poésie plutôt – parce que des films, il y en a trop, on n'en peut plus. Même les acteurs, de nos jours, veulent tous passer derrière la caméra, n'est-ce pas, Jean, c'est une horreur ! La volonté, c'est bien, il en faut, vous en avez. Mais ça ne suffit pas pour faire un film digne de ce nom. Jean, je vous laisse préparer votre séance tranquillement, on se reparle plus tard… Maintenant, à nous. Vous voulez boire quelque chose, la fumée ne vous dérange pas ? Bon, je vous écoute, c'est quoi exactement, votre truc ? »

« Notre truc, c'est-à-dire que… c'est vous.
– Moi ?
– Oui, vous.
– Et donc ?
– Donc on ne peut pas vous en parler.
– Pourquoi pas ?
– Parce que ça gâcherait tout, on perdrait la fraîcheur, la surprise. Le meilleur moment, au cinéma, c'est juste avant que ça commence. Vous savez, ce moment, dans le noir. On aimerait rester là, sans rien dire. On y est si bien. Tout est encore possible. Avant le lion, le cheval ailé, la femme avec une torche, les projecteurs dans le ciel, avant la fanfare, la musique. Comme disait Jonathan Shields dans *Les Ensorcelés :* "Le noir a sa vie propre." Notre film, c'est ça. Parce qu'une fois que ça commence, au fond de nous on le sait, d'une certaine manière c'est déjà fini.
– C'est bien joli tout ça, mais si l'écran est noir, vous n'avez pas besoin de moi. Je préfère quand il y a quelque chose à jouer, je suis quand même une actrice… »

« Voilà ce qu'elle va te dire, Deneuve, et elle va te rire au nez. Non, on ne peut pas aller à un rendez-vous pareil comme ça, à poil, sans scénario. On peut pas lui demander de nous mettre le pied à l'étrier si on n'a pas de cheval. Il faut être sérieux, sinon on est comme tous ces étudiants qui s'excusent de déranger la star tout en lui faisant perdre son temps. Il faut qu'elle reparte avec quelque chose sous le bras. Toi qui as tout lu, elle aime quoi, comme films, elle dit quoi dans ses interviews ? On va lui faire du sur-mesure.

– *La Fièvre dans le sang*, elle adore, d'Elia Kazan. Et Scorsese aussi, *Raging Bull*.

– Voilà, parfait, on n'a plus qu'à écrire un film qui se situe quelque part entre les deux. Faudrait le voir, le Kazan, avant, peut-être.

– Je l'ai vu.

– Et ?

– Très beau, très intense, mélancolique aussi, profond. Le titre en anglais, c'est *Splendor in the Grass*, d'après un poème de Wordsworth, qui parle de la jeunesse, quand on sait qu'elle est perdue, qu'elle ne reviendra pas, de ce sentiment qui…

– La poésie, parfait, vas-y, c'est pour toi, ponds-nous un truc dans le genre, fais gaffe : pas trop poétique non plus, la splendeur de l'herbe, OK, autant que tu veux, mais avec du *Raging Bull* dedans, donne-lui quelque chose à jouer, à l'actrice, sinon elle va nous claquer dans les doigts. Tu te souviens de ce qu'a dit Luc ? Pour faire un film, il suffit d'une fille et…

– Je m'en souviens. Et ce n'est pas lui qui l'a dit. »

La splendeur de l'herbe

Puisque l'éclat
de ce qui fut si vif
m'est désormais invisible à jamais,
Même si rien ne peut ramener l'heure
de la splendeur de l'herbe,
de la gloire de la fleur,
Nous ne céderons pas au chagrin, et reprendrons plutôt
force dans ce qui subsiste ;
Dans la sympathie première
Qui pour avoir été sera toujours ;
Dans la douceur des pensées
nées de la souffrance humaine ;
Dans la foi qui sait voir à travers la mort,
Dans les années qui rendent l'esprit philosophique.

William Wordsworth

UN MORCEAU DE CIEL

Tu regardes par la fenêtre, et tu vois... Tu vois quoi ? À force de fixer le soleil, forcément tu pleures. Trois jours pour écrire un film, je te l'accorde, c'était de la folie. « Pourquoi pas trois minutes tant qu'on y est, on n'y arrivera jamais », tu disais. Mais si, Aliocha, tu vas y arriver. Tu dis toujours que les artistes ont besoin de contraintes pour s'exprimer, que le ciel paraît plus vaste quand on a les yeux fermés, non, tu dis pas ça ? C'est pas toi ? Il disait quoi, Baudelaire ? « Qu'un morceau de ciel, aperçu par un soupirail, donnait une idée plus profonde de l'infini que le grand panorama vu du haut d'une montagne » ?... On voit que le mec n'est jamais allé en prison. Moi le ciel me paraîtrait plus vaste si on supprimait les murs. Tu dois être content, maintenant qu'on est condamnés au soupirail, notre idée de l'infini va drôlement s'approfondir.

Je nous revois comme si c'était hier. Tu faisais les cent pas dans ta tête, moi sur Internet, on cherchait des idées, toi dedans, moi dehors, quand mon téléphone a fait « Ping ! », un message de Guy-Dominique, le mec du vin à Cannes. Je lui ai dit qu'on avait un projet avec Deneuve, direct il veut nous présenter une productrice, Madeleine, une copine à lui qui a fait trente films, qui a eu un Oscar, enfin un César, mais qui a vécu à Los Angeles. Il paraît qu'elle adore les jeunes, qu'elle peut nous aider. On a rendez-vous devant chez elle dans une heure. T'en dis quoi ?

Aliocha, t'en disais rien, hein, tu préférais travailler, comme d'habitude, trois jours, même sans dormir, ça ne faisait que soixante-douze heures pour trouver une idée, et puis surtout l'écrire, tu n'arrêtais pas de dire : « Même Stendhal a eu besoin de cinquante-deux jours pour *La Chartreuse de Parme*, et c'était Stendhal, et en plus il dictait. » On ne te demande pas un roman, Aliocha, je t'ai dit, juste un synopsis, histoire de la convaincre. Et si on a une productrice avec nous, ça change tout, pour vendre à la télé. C'est une petite lucarne, mieux qu'un soupirail, peut-être même une fenêtre… Là je t'ai sorti une citation Internet : « Quant aux longs poèmes, nous savons ce qu'il en faut penser ; c'est la ressource de ceux qui sont incapables d'en faire de courts. » Baudelaire encore, à la guerre comme à la guerre. Ça t'a arrêté net. Je savais que lui saurait te parler. Tu as tout laissé en plan, on a pris nos manteaux, et le métro direction chez Madeleine.

« Vous voulez boire quelque chose ? C'est gentil de vous être déplacés, je suis débordée en ce moment. Guy-Dominique m'a dit que vous aviez un projet avec Catherine, et que vous aviez besoin d'une productrice. Je viens d'ouvrir un cornas, vous connaissez ? Un côtes-du-rhône. Il faut l'aérer un peu, je le servirai ce soir avec des rognons, la taille qu'ils font regardez, leur couleur, leur texture, de vraies merveilles, vous voulez les toucher ?

Ils sont à croquer, tes deux frères. Koulechov, Koulechov, ça me dit quelque chose. Jean-Lucas, on n'a pas connu des Koulechov à Los Angeles ? Des amis de Bob Chartoff, peut-être ? Vous le connaissez, Bob ? Un grand psychothérapeute, celui qui a inventé le *primal scream*. C'est aussi le producteur de *Rocky*. Il sera là, ce soir. Je ne peux pas vous inviter à dîner, on est déjà trop nombreux, quatorze, je ne sais pas comment je vais faire. Tu viens toujours avec ton amie slovène, Guy-Dominique ? Non ? Mais où tu les trouves, toutes ces jolies filles ? Vous le connaissez depuis longtemps, Guy-Dominique ? Parce qu'il n'arrête pas de me parler de vous, et que vous êtes les prochains frères qui comptent, et que Gérard vous adore, qu'il vous a même proposé de jouer gratuitement dans votre film, que c'était un chef-d'œuvre... Au fait, ça s'est bien passé, ton tournage avec Mocky ?

– Oui, Gérard a été formidable...

– Gérard est toujours formidable, il vient ce soir, tu sais. Il a dit qu'il apportait le dessert. On n'est jamais sûrs, avec Gérard, j'ai demandé à Marcelle et à Jacques de s'en charger aussi. Diego a promis d'apporter du vin. Jean-Lucas s'occupe de la grappa, il en reste mon chéri, celle que Nella nous a rapportée d'Italie ? Un délice, Nella c'est la productrice de Nanni. Mes enfants, pardonnez-moi, vous allez me donner un coup de main, parce que le plat est trop lourd pour moi. Je sais, Jean-Lucas, mais c'est meilleur quand ça cuit dans la fonte. Dimitri, je vous en prie, vous pourriez me tenir ça ? Aliocha, vous auriez la gentillesse d'ouvrir le four ? Je ne sais pas où tu les as trouvés, tes frères russes, mais ils sont délicieux, à croquer, Guy-Dominique, vraiment.

– On s'est rencontrés à Cannes. Ce sont des amis de Luc. De la Cité du cinéma...

– J'ai un projet avec Luc en ce moment, il va coproduire mon film sur Cayenne, je t'en ai parlé, avec Sophie et Éric. Il est formidable, Cantona, c'est vraiment une nature. Sophie, elle est de plus en plus belle. Je ne comprends pas, cette fille ne vieillit pas, c'est un mystère. Depuis *La Boum*, pas une ride. Elle a quatorze ans pour toujours. Elle vient ce soir, je veux lui présenter Ewan, qui est de passage pour deux jours. Ma copine Elizabeth de Los Angeles lui a donné mon numéro, il m'a appelé hier pour me dire qu'il rêvait de goûter mes fameux rognons, qu'Elizabeth lui avait dit que j'étais la meilleure cuisinière de Paris, qu'il n'était libre que ce soir, alors j'ai dû tout organiser en quatrième vitesse, levée à trois heures pour aller à Rungis, même pas eu le temps de faire une sieste, je suis épuisée. Guy-Dominique, sers-moi un verre, on va le goûter quand même, ce cornas. Le plaisir n'attend pas. Mon Jean-Lucas, tu serais gentil d'aller chercher six autres bouteilles à la cave ? Je crains que Diego oublie, pour le vin. Tu sais que Diego va se marier, Guy-Dominique, avec la fille que tu lui as présentée l'année dernière. La pianiste-mannequin lituanienne, qui hésitait entre Chopin et le cinéma, voilà, Khatia. Finalement elle a choisi Diego. Venez, on va passer au salon, on va se détendre un peu pendant que ça mijote.

Alors dites-moi, Dimitri, Aliocha, vous êtes si jeunes, vous êtes sûrs de vouloir faire du cinéma ? C'est devenu tellement difficile. Les films, avant, on avait le temps de les voir, première exclusivité, deuxième exclusivité, ils pouvaient rester des mois dans une salle ; aujourd'hui c'est réglé en une semaine. C'est devenu comme le couscous : des années de savoir-faire, des heures de préparation, et disparu en un clin d'œil. Vous savez ce qu'on dit à Hollywood ? Dans les années trente tous les films avaient du succès, même les bons. J'aurais dû arrêter depuis longtemps, mais que voulez-vous, je suis une *risk taker*. Je crois beaucoup aux rencontres, au destin. On est en train d'écrire mes mémoires avec Jean-Lucas, ça s'appelle *Dieu y veillera*. Parce que, à chaque fois que je me suis retrouvée dans une impasse, il y a eu un miracle. On a presque fini de l'écrire, on est très en retard, évidemment, je ne sais pas comment font les écrivains, je veux dire pour vivre, on n'a eu que vingt mille euros d'avance, c'est ridicule, non ? Moi il faudrait me mettre en prison pour que j'écrive. Sinon je me disperse. Jean-Lucas, tu veux bien répondre ? C'est mon portable. Si c'est Marcelle, dis-lui de me prendre des pains aux noix aussi, deux ou trois. C'est qui ? Ewan ? Attendez-moi je reviens.

Bon c'est une catastrophe, j'organise tout ça pour lui et il annule au dernier moment. Le problème des stars, c'est qu'elles se prennent vraiment pour ce qu'elles sont, elles se croient tout permis. Qu'est-ce qu'on fait, Jean-Lucas, on annule ? Toute cette bonne nourriture, ça me fait mal au ventre. Vous voyez, mes enfants, ça c'est la production. Au moment où tout est prêt, toujours un imprévu. On va pas se laisser démoraliser. Guy-Dominique, ressers-moi un verre, et sers nos amis, ils n'ont rien bu. Qu'est-ce que tu dis, Jean-Lucas ? Du coup on sera treize ? Alors on annule, pas question. Je ne suis pas superstitieuse mais tout de même.

Attends, j'ai une idée. On va inviter Dimitri et Aliocha, ça nous fera du bien, un peu de jeunesse. Vous n'aviez rien prévu ce soir ? Si ? Tu entends ça, Jean-Lucas ? Aliocha a du travail, il préférerait rentrer écrire ! Nous aussi, on est très en retard, nous aussi on ferait mieux d'écrire… Aliocha a raison, annulons et n'en parlons plus. Je donnerai tout ce que j'ai cuisiné à June – June m'aide beaucoup, il a une grande famille, il ne les voit jamais, le pauvre, ils sont restés aux Philippines. Il n'a pas de papiers, mais il a beaucoup d'amis comme lui. On va faire ça, Aliocha a raison. Non non, Aliocha, n'acceptez pas pour me faire plaisir, l'écriture c'est plus important que tout. Vous écrivez quoi, d'ailleurs, votre film avec Catherine ? Il faut absolument qu'on en parle. Surtout s'il y a Gérard dedans. On aurait pu lui en toucher un mot ce soir, c'est dommage. Et à Xavier aussi, sa femme est productrice de télé, lui c'est un des plus grands banquiers du cinéma. Tu le connais, Guy-Dominique. Il est charmant. Pour un banquier, je veux dire. Vous êtes sûr, Dimitri, finalement vous pouvez vous libérer ? Formidable, fêtons-ça ! Mon verre est vide, Jean-Lucas, vraiment tu me négliges.

Je ne sais pas de quoi parle votre film, si Catherine a dit oui je suis sûre que c'est très bien, mais j'ai un sujet pour vous, pour votre deuxième. Ça ferait un très bon film d'époque, un peu *vintage*. Figurez-vous que dans les années soixante-dix, les services secrets français ont découvert qu'un chef d'État africain faisait venir un avion chaque semaine de Paris pour lui livrer un mystérieux paquet. Ils enquêtent et découvrent qu'il s'agit d'un hebdomadaire d'astrologie. Alors ils ont une idée folle : ils infiltrent la rédaction du journal pour influencer le chef d'État en rédigeant des prévisions sur mesure. Une histoire vraie, racontée par Alexandre de Marenches, le chef des services sous Pompidou et Giscard. L'astrologie, c'est un sujet en or. Tout le monde aime obéir aux planètes, même moi ! Chez TF1 ils vont adorer. La nostalgie des années soixante-dix. Aliocha, Dimitri, c'est un sujet pour vous, vraiment. Comme vous n'étiez pas nés, vous aurez un regard neuf. Et puis comme c'est un secret, on n'aura pas de droits d'auteur à payer !

Ah mais si c'est parfaitement légal ! Notre métier est à la fois très simple, Aliocha, et très difficile à appréhender pour les profanes. Un producteur, pour vous, c'est quoi ? Un type avec un gros cigare, qui signe des contrats léonins et mène la grande vie avec l'argent des autres. Un contrat léonin, Dimitri, comme son nom l'indique, c'est comme si un lion passait un contrat avec une antilope.

Eh bien moi rien à voir. Pour commencer, je déteste le cigare. J'en ai toujours, mais pour offrir. Vous en voulez un ? C'est Diego qui me les a rapportés de Miami, des Roméo et Juliette, les meilleurs il m'a dit. Shakespeare, on n'est jamais déçu. Dans ce métier, il faut savoir recevoir. Pas que des coups.

Ma position m'oblige à dépenser beaucoup, mais je n'aime pas l'argent. L'important, c'est d'avoir l'air d'en avoir. J'ai mes bureaux rue de Presbourg. C'est un monde quand même, plus je suis pauvre, plus j'ai de beaux bureaux. Enfin, ceux de Diego. J'ai connu un producteur qui louait un bureau magnifique sur les Champs, lui aussi, juste pour une heure, le temps de signer ses contrats, il mettait même une plaque. Vous connaissez mon associé ? Diego, il est d'une beauté. J'étais sur le point de déposer le bilan quand mon ami Pierre me l'a présenté. Un vrai miracle. Pierre est mon avocat, vous verrez, c'est le meilleur. J'aime travailler en famille.

Il me dit toujours : il faut être fou pour faire des films. C'est comme les enfants : si on réfléchissait deux secondes, on n'en ferait pas. On resterait tranquilles dans notre chambre sans divertissement, une soupe, un yaourt et au lit ! Mais nous ce qu'on aime, c'est les nuits d'insomnie, les draps trempés de sueur froide, les rendez-vous de la dernière chance avec tel financier improbable sorti de la manche de je ne sais qui, et qui peut sauver la baraque la veille du tournage, alors que vous avez déjà hypothéqué votre âme, et menti à tout le monde pour faire votre film. On est tous un peu *borderline* – comme des banquiers mais sans Surmoi, plutôt comme des *traders*, ou des interdits de casino.

Pourquoi j'aime ça ? C'est un mystère, une addiction. Les hauts sont très hauts, les bas très bas, au moins on ne s'ennuie pas. Toutes les émotions se mêlent, la peur, le désir, la tristesse, le plaisir, la honte, la joie, c'est une loi de la vie : tout ce qui a du goût est un peu dégoûtant aussi, au début, le gras dans la viande, la moelle dans les os, la moisissure dans le fromage, dans le vin on dit pourriture noble. Dans le cinéma, je n'ai pas honte de le dire, j'aime tout.

Moi mon truc c'est la cuisine. Quand tout a l'air perdu, j'organise un grand dîner. J'ai des spécialités qui me prennent un temps fou, j'ai les mêmes fournisseurs que les grandes tables parisiennes, et j'invite tous mes sauveurs potentiels. Je les invite sans arrière-pensées, comme pour un enterrement. Je suis au bord de la ruine, un pied dans la tombe, mais ils viennent tous, parce qu'ils savent que c'est peut-être la dernière fois qu'ils mangeront aussi bien. Un peu comme *Le Festin de Babette :* le festin de Madeleine ! Ils sont venus, ils sont tous là, ils se lèchent les babines, je leur sers des grands crus en veux-tu en voilà, corton et crozes-hermitage à la régalade, ce soir au menu soupe thaïlandaise encore meilleure que là-bas, pour les amateurs d'abats, rognons de veau de derrière les fagots, conversation au diapason – j'ai dans la manche quelques beaux parleurs qui vous ranimeraient un débat de France Culture en lui faisant du bouche à bouche, ou plutôt à oreille. Toscan n'est plus là, hélas ! C'était le meilleur d'entre nous. Il pouvait tenir le crachoir quatre heures sans fléchir, même coincé entre un prix Goncourt et un roi du *stand up*, il monopolisait la parole avec un talent inégalé à ce jour. Et tous riaient. Il nous racontait ses mésaventures avec Pialat, il était intarissable, tous ses malheurs de producteur devenaient comme par magie un divertissement de roi. Le tournage de *Van Gogh*... Bon sang : filmer un escalier avec un type en train de crever dans son lit, comment ça avait pu coûter aussi cher ? C'est que Pialat ne voulait pas tourner. Tout le monde l'attendait, l'équipe était prête, mais il refusait de venir sur le plateau. Toscan allait gratter à la porte de la maison dans laquelle Pialat s'était enfermé : "Maurice... Tu ne veux pas venir tourner même un petit peu aujourd'hui ?" "Non, vous me faites tous chier !" Les journées passaient. Le budget explosait. Et pendant qu'il perdait le bel argent de la Gaumont, tous les banquiers assis autour de lui, qui buvaient ses paroles entre deux gorgées de nectar et deux bouchées d'ambroisie, s'esclaffaient des malheurs de Daniel Toscan du Plantier.

Une fois qu'ils avaient bien ri, et bien bu, et bien mangé, ils étaient prêts pour l'estocade. Ivres, heureux, confits à point, je les cueillais au moment de la grappa ou de l'armagnac. Mon argument était très simple : rien ne serait jamais pire que le tournage de *Van Gogh* ! Et le repas d'enterrement se transformait soudain en fête de mariage. Les vautours venus se repaître du cadavre encore chaud de la vieille productrice, pris d'un élan apparemment irrationnel mais logiquement alcoolisé, se disaient soudain : "Pourquoi pas ?", "Et si ?", "Donnons-lui une dernière chance"... Notre métier est tellement improbable. Au bord du gouffre, on se trouve aussi bien au bord du triomphe. Dans l'avion pour Los Angeles, une jeune femme brillante, elle aussi productrice, et dont le film était nommé aux Oscars, me confiait qu'elle venait d'apprendre qu'elle était en faillite. Le film s'appelait *No Man's Land.* Oscar du meilleur film étranger.

Alors oui c'est vrai, on gonfle un peu les devis, il y a quelques ficelles – certains traficotent plus que d'autres, mais ça reste anecdotique, on est sur de la petite échelle, en France. Il n'y a pas d'oies blanches dans la production ; nous sommes tous des renards, bien sûr. Mais des renards de conte : Maître Renard qui crève de faim, obligé de déployer mille ruses pour voler des harengs et des anguilles aux riches marchands dont il croise la route. Comme Maître Renard, on s'allonge par terre, on fait le mort. On attend la charrette… Voilà, vous savez tout. Quand un producteur fait le mort, c'est qu'il attend qu'un charognard lui offre malgré lui un festin. Nous ne sommes pas des Robins des Bois, d'accord, mais nous volons aux riches pour donner des films aux pauvres, et pour nourrir nos enfants. Non, je n'ai pas d'enfants. Mais si j'en avais, je leur donnerais tout, évidemment.

Quand je m'écoute, c'est affreux, je ne parle plus que d'argent. Mais j'aime gâter mes amis. Demandez aux techniciens qui travaillent sur mes films : la meilleure cantine du métier avec Claude Berri. Je suis gourmande, j'aime la vie, mais je ne me suis jamais enrichie. On m'a beaucoup volée aussi. Tous mes bijoux, plusieurs fois, des fortunes. L'argent est un liquide qui doit circuler, sinon ça fait des calculs, c'est pas bon pour les reins. Je ne regrette jamais rien. Même si c'est vrai que les banquiers deviennent de plus en plus pingres. Ils fréquentent encore mes dîners, mais au moment du digestif, vous allez voir, c'est comme s'ils n'avaient rien bu. Je suis au regret de vous dire que les banquiers d'aujourd'hui manquent cruellement de fantaisie. Ils ont l'alcool sobre. J'ai connu l'époque bénie où on signait un film en se tapant dans la main, ivres morts, entre la poire et le fromage. Tout ça, c'est bien fini.

Ce soir, je ne vous le cache pas, ce sera quitte ou double pour la maison de la mère Madeleine. Soit on signe un film, soit on ferme boutique. Mes enfants, on n'a jamais été aussi près de la banqueroute. Mais il ne faut rien dire, je compte sur vous. À personne. »

Et elle s'est endormie assise sur son canapé. L'alcool plus la fatigue plus la déception, l'âge aussi sûrement. C'était très impressionnant, les bras en croix, la tête en arrière, elle ronflait la bouche ouverte, on savait plus où se mettre. On s'est éclipsés sur la pointe des pieds, avec Guy-Dominique. Jean-Lucas en nous voyant passer nous a dit :

« À tout à l'heure, je compte sur vous, ce n'est vraiment pas le jour de l'abandonner, on va la laisser se reposer. »

En attendant, on est allés acheter des fleurs.

LE FESTIN DE MADELEINE

Quand on est revenus, le salon s'était rempli, de gens, de fleurs, ça parlait fort, Madeleine était à nouveau en pleine forme :

« Bon, finalement Sophie ne peut pas venir non plus, tant mieux je n'ai pas osé lui dire qu'Ewan nous avait posé un lapin. Bob s'est décommandé aussi, le décalage horaire l'a assommé. Comme on se retrouvait à nouveau à treize, j'ai invité Ollivier, tu le connais Guy-Dominique. Il publie chez Grasset, j'avais acheté les droits de son premier roman, mais là il écrit un film pour moi et Diego, qu'on doit tourner bientôt. Gérard n'est pas là, tant pis, on passe à table ! »

Tout le monde obéit à Madeleine, chacun s'assied là où elle l'a prévu.

« Comme il y a plus d'hommes que de femmes, les frères mettez-vous à côté d'Ollivier, ce sera le coin jeunesse. Vous connaissez Khatia, je crois. »

Khatia fait mine, mais pas trop, de nous reconnaître, elle nous évite du regard comme si on était déjà des mauvais souvenirs, de sa vie d'avant.

Jean-Lucas se lance :

« Alors Diego, c'est quoi cette histoire de girafes ? Tu as vraiment acheté des girafes pour les offrir à ta mère ? »

Diego rit de bon cœur. Il a bon cœur, Diego, qu'est-ce qu'il est beau. Avec son catogan de footballeur, son teint de surfeur, champion du Costa Rica quand même. Il explique que non, enfin oui, sa mère aime beaucoup les animaux, c'est pour son zoo africain, il a acheté des girafes, au zoo de Philadelphie, mais c'est très compliqué à transporter, une girafe, elle doit garder le cou en l'air, si elle baisse la tête trop longtemps, elle meurt, et donc il a affrété un Boeing à deux étages, pour que ses girafes puissent garder la tête haute et survivre. L'écrivain à côté de nous murmure, mais on l'entend très net :

« Ce serait bien s'il en faisait autant pour ses scénaristes. »

Jean-Lucas poursuit :

« C'est tout de même une drôle d'idée, un zoo africain au Costa Rica. Et puis ça doit coûter une fortune.

– Pas du tout, dit Diego, pour les animaux c'est à peu près le même climat, et je vais construire un hôtel, les gens pourront venir passer la nuit dans le zoo pour faire un safari, ils prendront leur petit-déjeuner près des hippopotames, au milieu des gazelles et des zèbres. On gagnera de l'argent comme ça. Ça n'existe nulle part dans la région. On est le seul zoo africain en Amérique centrale. »

Là Jean-Lucas avale de travers, de rire, se récupère comme il peut :

« Dis-moi, Diego, quel est ce pays... où frappe la nuit... »

Madeleine l'interrompt :

« Quand je vous dis que Diego a des idées exceptionnelles. On pourrait tourner chez lui. Il a une cascade très impressionnante, et des hectares de jungle.

– Des hippopotames au petit-déjeuner, quelle horreur ! dit Jean-Lucas.

– Il y a aussi des paons, dit Khatia.

– Ah c'est très beau les paons, ça j'adore ! dit Jean-Lucas en lui resservant du rouge.

– Oui, mais c'est très bruyant. Entre ça et les singes hurleurs qui poussent des cris comme si on les égorgeait à quatre heures du matin, parfois je regrette mon studio dans le dix-huitième où les éboueurs me réveillaient seulement à six.

– Ah ça Khatia, les singes hurleurs, c'est terrible, mais les paons au réveil, c'est quand même plus chic que les éboueurs. À choisir...

Au mot « choisir », Khatia baisse les yeux, vide son verre et se tait.

« Diego, enchaîne Madeleine, je te présente Dimitri et Aliocha, les frères Koulechov, qui ont beaucoup de talent, et qui vont faire un film avec Catherine Deneuve.

– C'est amusant, dit Diego, avec Khatia aujourd'hui on a pris un bateau-mouche jusqu'à la tour Eiffel, qui s'appelait Catherine Deneuve.

– La tour Eiffel s'appelle Catherine Deneuve ? Qui a changé le nom de la tour Eiffel, c'est un scandale ! » dit Jean-Lucas, de plus en plus joyeux.

Diego ne comprend pas la blague. Il demande du Coca. Madeleine tique :

« Diego, enfin, on ne boit pas ça avec des rognons ! June, je vous en prie, allez chercher du Coca pour Diego.

– Du Zéro ! » crie Jean-Lucas.

Madeleine lui jette un regard :

« Quand j'habitais Los Angeles, j'avais un voisin qui mélangeait toujours son bordeaux avec du Coca. Il adorait ça. Il faisait ça avec des grands vins. Diego ne mélange pas tout, lui, il sait apprécier les bonnes choses...

– Il n'a pas l'air d'apprécier tes rognons ! » fait remarquer Jean-Lucas.

Diego n'a pas touché à son assiette. Madeleine ne dit rien, le débarrasse et disparaît en cuisine.

« Vous savez, continue Jean-Lucas, que Diego a fait venir spécialement du Costa Rica à Paris son cuisinier personnel, qui vit avec lui rue de Presbourg. Il a de la chance, ton cuisinier, Diego !

– Oui, c'est pour qu'il apprenne la cuisine française », dit Diego avec son gentil sourire.

Jean-Lucas continue à mi-voix :

« Il nous a invités à dîner hier, on n'a bu que des grands vins, son cuisinier nous a fait les pires pâtes bolognaise que j'aie goûtées de ma vie ! Sèches, avec une sauce tomate immonde. Diego se régalait. Une horreur...

– Et si on parlait de notre film ? » attaque Madeleine en revenant de la cuisine, avec un steak tartare et une salade verte qu'elle sert à Diego.

Elle se tourne vers le seul type en costard-cravate, le banquier :

« Vous savez, Xavier, qu'on peut commencer le tournage juste après Cannes ? »

Xavier montre sa bouche pleine d'un air désolé, il ne peut pas répondre. Sa femme nous adresse la parole :

« Vous allez vraiment faire un film avec Deneuve ? »

Aliocha baisse les yeux. Je relève le défi :

« Oui. On a rendez-vous avec elle après-après-demain.

– Et ça parle de quoi, votre film ? Pardon, c'est peut-être indiscret. »

Son mari, qui a eu le temps d'avaler, en met une deuxième couche :

« Elle vous a vraiment donné son accord ? Quelle chance ! Elle vient de nous refuser un projet, pourtant très bien financé, avec des Chinois. Vous avez dû vous montrer très convaincants. Elle est d'une exigence... rarement satisfaite.

– C'est vrai.

– Et comment avez-vous fait pour l'approcher ? Elle est plutôt inaccessible.

– C'est Gérard qui les a recommandés, dit Madeleine.

– Vous connaissez Gérard aussi ? Décidément, on va entendre parler de vous. Madeleine a toujours été une grande découvreuse de talents, ça ne m'étonne pas que vous soyez là ce soir. Vous êtes très jeunes. Vous sortez de la Fémis ?

– Xavier, tenez-vous bien, ils sont encore à l'école ! À la Cité du cinéma, l'école de Luc.

– Ah, la fameuse ! C'est vrai ce qu'on dit ? Qu'il a mis une épreuve de débrouille à l'examen d'entrée ? Moi je trouve ça formidable, qu'on donne leur chance à des jeunes qui ne sont pas du milieu, qui n'ont pas d'héritage, qui ne sont personne. Vos parents doivent être fiers. C'est marrant, parce que je l'ai rencontré, Besson, avant qu'il soit connu. C'était dans mes anciens bureaux, place de la Madeleine. Il était très arrogant, débraillé, sympathique. Il venait demander un prêt pour son premier film, *Le Dernier Combat*. Je me souviens de lui avoir fait la remarque : "Il faudrait savoir, c'est le premier ou c'est le dernier ?" Mais ça ne l'a pas fait rire. »

Le banquier enfourne un morceau de rognon, qu'il savoure à voix haute :

« Mmmh… Madeleine, c'est vraiment… il n'y a pas de mots !

– C'est vraiment… des rognons ! » termine Jean-Lucas, sur un ton qui fait rire toute la table.

« Et alors, demande Madeleine, le prêt pour ce premier film ? »

Le banquier finit de mâcher, avale avec une gorgée de vin :

« J'ai dit non, évidemment… Il l'a très mal pris. Vous l'auriez vu. Fou de rage. J'ai cru qu'il allait… Avant de partir, très théâtral, il s'est planté à dix centimètres de mon visage, menaçant, et il m'a dit en détachant bien les mots comme s'il s'adressait à un demeuré : "Je m'appelle Luc Besson. Essayez simplement de vous souvenir de ce nom." Après, il m'a envoyé des cartons de non-invitation à chaque fois qu'il sortait un film. Il a de la suite dans les idées, et la rancune tenace. Je suis sûr que c'est grâce à moi qu'il n'a pas lâché le morceau, pour prouver au petit merdeux de l'UBP Madeleine qu'il avait eu tort de l'ignorer. Zola disait : "La haine est sainte." Parce que la haine dure beaucoup plus longtemps que l'amour, et qu'elle nous oblige vraiment à nous dépasser. Si je lui avais accordé son prêt, il aurait perdu la haine, et serait rentré dans le rang, récupéré par le système, se serait éteint à petit feu, il n'aurait plus pensé comme un rebelle. Alors que regardez-le, encore aujourd'hui...

– En somme, résume Jean-Lucas, il te doit tout.

– Je n'irai pas jusque-là. Mais je les comprends, ces petits jeunes. »

Il dit ça en regardant vers nous gentiment. Mais pas que.

« S'ils voient que la porte est fermée, ils essaient d'entrer par la fenêtre. C'est de bonne guerre. Ça veut dire qu'ils ont compris quelque chose à ce métier, et que le cinéma français n'est pas mort. Pas encore.

– Parfaitement ! Il faut les aider, tente Madeleine... C'est au début qu'on a besoin d'un coup de main...

– Mais je les aide, Madeleine, je les aide. En leur fermant la porte. Sinon, où trouveraient-ils l'idée et l'énergie d'essayer par la fenêtre ? »

Plus personne n'a rien dit pendant bien trente secondes. C'est long, trente secondes, quand on prend le temps de les compter. On n'entendait plus que le bruit des fourchettes et des verres. Madeleine a dit à Jean-Lucas de lui servir du vin. Elle a bu son cornas cul sec. On aurait dit qu'elle avait envie de pleurer. C'est à ce moment qu'on a sonné à la porte. Ses yeux se sont rallumés. C'est Gérard, elle a dit. En retard, mais Gérard.

LE PARI DE GÉRARD

Bonsoir tout le monde, c'est le dessert. Ah une promesse est une promesse. Tu penses bien, pas question de la lui faire à l'envers, à ma vieille Mado ! Tu crois quand même pas que j'aurais pu, hein ma Madeleine, enfin si bien sûr, tu me connais, mieux que moi-même, mais voilà : je suis là !

[Applaudissements spontanés.]

Pour le dessert, tout était fermé, je t'ai apporté un jambon, fait maison ! Le cochon, je le tue sans un cri, c'est ma fierté. Je lui murmure des gentillesses à l'oreille pendant des heures pour pas qu'il couine, comme l'autre avec les chevaux – Robert Redford, c'est ça, mais avec un couteau. Je le convaincs de se laisser faire gentiment, que crever pour crever, autant le faire en bonne compagnie, avec quelqu'un qui saura l'apprécier. Avec moi il se sent en famille, il renonce à la vie en confiance, avec un grand sourire sur le groin. Ma Madeleine aussi elle sait y faire… C'est du grand art, son banquier à l'étouffée, spécialité de la maison. Comment ça va, Xavier ? T'es tout rouge. T'as apporté ton chéquier, j'espère ?

Madeleine, c'est une machine à dépenser du fric, une surdouée. Tu la lâches n'importe où, un vrai chien truffier, elle va tout droit vers ce qu'il y a de plus cher. Elle prend tout, et elle paie sans regarder. La mesquinerie, elle sait pas faire. Même quand elle essaie de t'embobiner, c'est fait avec panache, droit dans les yeux. Elle te ment avec une telle sincérité. Juste pour saluer le travail d'actrice, tu cèdes. Combien il te faudrait, cette fois ? Un million ? Ah quand même, t'y vas fort. Mon frère, quand il m'a demandé de l'aider à éponger ses dettes après avoir fait un four, tu sais ce que je lui ai dit, à Alain : « Débrouille-toi. Tant pis pour toi. T'avais qu'à faire attention. »

Dis Mado, tu te souviens de l'histoire du mec, que Brialy racontait, l'histoire de Jules Dassin je crois, il faudrait lui demander. Maintenant que c'est plus possible, je regrette. La vie, ça file, entre les doigts, et puis le cafard après. Jean-Claude aimait raconter les misères de ce vieil acteur ruiné, gentiment hébergé par le père Barrière qui lui avait offert une suite dans un de ses palaces, Deauville probablement. Jules Dassin, criblé de dettes, qui crève d'envie de perdre encore une fois aux courses ou au casino, glisse un mot au père Barrière : « Envoyez-moi cent mille francs, je le dirai à tout le monde. » Barrière lui répond : « En voici cinq mille, ne le dites à personne. »

Tout Brialy. Je le revois, pimpant, se régaler de ces histoires de stars déchues. Marlene Dietrich, Arletty, même Alice Sapritch, toujours un mot gentil et un panier-repas, foie gras et bulles à domicile. Enfin, c'est ce qu'il disait, Dominique m'a dit que Dietrich avait une autre version : « Faut qu'il arrête, Brialy, de parler de moi dans tout Paris, c'est pas lui qui met du beurre dans mes épinards. » Il aimait s'approcher du gouffre en leur tenant la main, à ses vieilles dames, pour se rassurer lui, parce qu'à la fin, on tombe toujours tout seul. Allez, Madeleine, en mémoire du bon temps, cinquante mille balles, tu prends les chèques ? Je le dirai à personne.

C'est vrai que moi, les problèmes de fric, connais pas. J'y peux rien, ça m'a jamais intéressé, je suis pas fait pour. Que veux-tu, la télé, avec tout leur pognon, ils se mettent à la queue-leu-leu pour que je les dépouille, comme des lemmings, mais le suicide collectif, très peu pour moi. J'ai fait *Les Misérables* quand même, j'avais pris un paquet. Tu sais ce que dit mon pote Pierre Richard : « Depardieu est comme Victor Hugo, il peut tout dire, et son contraire. D'ailleurs, il l'a fait. Pour être sûr d'avoir tout dit. » La télé, je regarde plus depuis longtemps, le cinéma non plus, surtout quand je joue dedans, je préfère pas voir ça ; les gens se tournent vers moi pour avoir leur financement, exactement comme Madeleine ce soir, dis pas non, Mado, on se connaît trop, ça a toujours été comme ça, sauf que maintenant y en a plus un qui pense au cinéma. Du coup, moi non plus : sur la plupart des tournages, viens me voir, je fais « Oh oui ! Oh oui ! », je ferme les yeux et j'attends que ça passe. Évidemment, j'exagère. Toi et moi on est pareils, ma Madeleine, plus on vieillit plus on se ressemble. Deux gagneuses, et je le dis en toute tendresse, dans le souvenir d'Émile Ajar, de Madame Rosa, de Simone Signoret, dans le respect des vieilles formes, tu vois l'ambiance.

Je dis la télé, mais la radio, c'est pas mieux. J'arrive de Radio France, une émission sur Marseille. Si t'as envie de pisser avant le direct, c'est le parcours du combattant dans leur labyrinthe. On se croirait dans un film de Tavernier, avec Torreton assistante sociale en rade de papier-cul. C'est ça, tu vois, la mesquinerie. Ils construisent un truc immense entre la pyramide stalinienne et le blockhaus mussolinien, et cette morue d'architecte a pas pensé aux chiottes. Tu cavales des heures dans des couloirs pas possibles. À la fin, tu ouvres ta braguette et tu pisses où tu peux, au petit bonheur la chance. Le problème, avec leur truc en rond, c'est qu'il y a pas beaucoup de coins. Encore moins que dans un avion.

À chaque fois que je vais pisser, je me fais la réflexion : la mesquinerie, c'est se penser au-dessus des petites choses. C'est un beau sujet, ça devrait te plaire, Xavier, toi qui aimes bien te pignoler sur les détails. Moi, à première vue, je rentre pas dedans. Mais toi, c'est ta taille. Si j'étais auteur, je pense que je m'y attellerais. Personne n'a osé. Tu sais pourquoi ? La peur de la contagion. Si tu commences à te pencher sur la mesquinerie, tu as des chances de ne jamais te relever.

J'ai fait *Monte-Cristo* aussi pour la télé. J'avais dit : la vengeance, un petit sentiment, parfait pour le petit écran. Mais c'était pour blaguer. La vengeance, c'est immense, c'est dantesque, c'est Edmondantesque, tout ce que tu voudras sauf petit. Seules les grandes âmes ont de grands défauts. Attention ça ne marche pas dans l'autre sens, ce serait trop facile. Tu t'es vu beau, hein ? Non mon Xavier, c'est d'abord la grande âme, après les grands défauts.

Puisqu'on parle écrivains, j'ai connu la mère Duras, tu sais. Tu sais pas. Je lui débouchais ses chiottes, elle me débouchait le cerveau, un échange de bons procédés – à l'époque j'étais un peu connard. Je l'appelais la reine Margot, la reine parce que même la liste de ses commissions, c'était mieux écrit que tout le cinéma français de ces dix dernières années.

En même temps... Regarde les livres aujourd'hui, on dirait des films sur papier, et pas des films de Duras. Les gens veulent que ce soit fluide, pas prise de tête, un robinet à émotions, une perfusion d'humanité, parce que la vie est suffisamment dure pour pas ajouter la grammaire. Ils sont d'accord pour avoir le sentiment du littéraire, c'est pour ça qu'ils achètent gros, cinq six cents pages, même en poche ils veulent que ça pèse, que ça fasse voiture allemande, bien huilée, perfection mécanique ; une histoire en béton, jamais en panne, usinée par des professionnels, et qui glisse sans encombre sur les autoroutes du cerveau. Tu comprends ? Le *sentiment du littéraire*, pas la littérature. Pas Duras, hein, par pitié. Duras, elle pensait sérieusement que le vrai cinéma c'était elle, que les autres étaient tous des vendus, des commerciaux, des pourris. Gérard Oury et Louis de Funès, ses ennemis. Mais si tu pars sur une île déserte, tu prends quoi : *Le Camion* ou *La Folie des grandeurs ?* Le vrai cinéma, c'est celui que tu as envie de voir. Duras, c'est bien que ses films existent, c'est comme la douleur, ça augmente le plaisir, par contraste. Même ceux qui aiment Duras, ils le doivent à Oury. Sans Oury à combattre, elle aurait jamais rien filmé. C'est comme le yin et le yang : si t'en enlèves un… Je dis ça, j'en sais rien. Duras c'est toujours chiant, même quand on en parle pour en dire du mal, on ne lui enlèvera pas ça, ça reste chiant. On ne peut pas la dédurassiser, elle est trop forte, à sa manière. C'était une vraie putain d'artiste, elle en avait rien à foutre de rien, Marguerite, de rien, de personne, même pas d'elle-même. Ça la dérangeait pas non plus de crever… « Quand ce sera fini, sur le monde mourant, la planète grise, il existera encore partout, dans l'air du temps, sur la mer. » Elle parlait de l'écrit, pas du cinéma… Il faudrait arriver à être comme elle, aussi libre, mais ce n'est pas possible. Ma Marguerite, je l'ai vue se fâner, tu peux pas savoir comment ça arrache le cœur, tu peux pas savoir parce qu'il t'en faudrait un. Et je sais à quel point dans la banque vous manquez de tout.

J'en parlerai à l'occasion à tes supérieurs, qui s'en foutent, y a qu'à voir Kerviel, mais juste pour le plaisir. Dans ces moments j'ai l'impression d'être de Gaulle. De Gaulle, c'est le seul pour qui je pourrais maigrir. T'as raison, faudrait aussi grandir. Mais tu connais les caméras, même avec un petit machin japonais à cinq cents balles tu peux tricher. Une contre-plongée avec le bon objectif, le bon costume, le bon angle, tu me fournis le képi, moi le pif et les esgourdes, je te fais un grand Charles aux petits oignons. Y a que ça qui pourrait me faire revenir en France... Personne m'a jamais proposé. En attendant, je désespère pas, pour me chauffer j'ai accepté Staline.

De Gaulle avec moi dedans, c'est service public, ça, non ? On aurait le CNC ce coup-là, pas vrai Madeleine ? Je suis même prêt à reverser incognito mon cachet pour une bonne œuvre – tiens, mes impôts par exemple. Tu vois, Xavier, chaque fois que je reçois ma feuille, je crois que je viens de gagner au loto. Avec tous ces zéros, je te jure qu'un instant j'y crois. Cette feuille d'impôts, j'en ai parlé avec le pape, c'est une épreuve qu'on m'envoie. Ma tentation du Christ. Pour faire naître en moi ce tout petit sentiment, pour voir si je cède, si je m'abandonne – à la mesquinerie. T'y crois, toi, à Dieu ? Madeleine, tu dis oui. Mais Il est où, ce soir ?

Moi je suis comme Jules Dassin, j'aime les chevaux, j'aime parier. Pas gagner : parier. Ah non, c'est pas pareil. Ceux qui n'aiment que gagner, ils ne savent pas vivre. J'avais beaucoup d'estime pour Pascal, sans l'avoir lu, j'aimais bien l'idée d'un type qui, après avoir été le plus grand génie mathématique de son époque, avait soudain eu une crise mystique. Et puis un jour je l'ai lu. Grosse déception. Il dit : « Pariez sur l'existence de Dieu, après tout vous n'avez rien à perdre. S'il existe, c'est tout bénef. S'il n'existe pas, c'est tout bénef aussi puisque vous n'aurez rien perdu. » Ça, c'est minable, non ? Une vraie pensée de banquier. Comme si croire en Dieu revenait à investir dans un petit placement pépère. Pascal le VRP...

Je me sens en forme, je suis tellement content de vous voir. Fais voir un peu qui t'as invité ?

Bonsoir Pierre, tu fais toujours le ménage dans les comptes de Mado ? Pierre, le nettoyeur… Se rêver avocat pour finir conseiller fiscal, c'était bien la peine. T'as pas aboli la peine de mort, toi, t'es pas du genre qui se scandalise, mais maintenant que tu approches de la date de péremption, dis-nous un peu ce que t'as fait de ta vie ? Tu dis rien, ça vaut mieux.

Tiens, y a la chaîne qu'est là aussi. Je t'avais pas vue, Isabelle. T'es plus chez Canal ? T'es où, maintenant ? France 2, ah bon, mais tu peux pas encore le dire ? Je vois, comme Rodolphe. Et Ara, il est passé chez Arte ? Non, faut pas déconner non plus. Après D8, ça aurait fait un chaud et froid, t'es pas à l'abri du rhume de cerveau… Tu sais ce que m'a dit Bollo, l'autre jour ? Avec tous les gens qu'il a virés de chez Canal, y a tellement de réfugiés, France Télé va bientôt devoir fermer ses frontières. En tout cas toi, t'es au sec, c'est bien.

Tu me diras, on a toujours le choix. Comme à la grande époque de Miramax, quand tout le monde disait : « Entre des connards qui adorent le cinéma, et des connards qui n'en ont rien à foutre, qu'est-ce que tu préfères ? »

Les frères Karamazov, là, qui découvrent le grand bain avec leur maître-nageur Guy-Do, qu'est-ce que vous en pensez ? Hein, et toi, Xavier ? Si t'étais à leur place, qu'est-ce que tu dirais ? Dis rien, c'est pas la peine. Moi je préfère saint Augustin. Recommandation du pape. Le pape m'a dit : « Lis saint Augustin », enfin « lisez », je me rappelle plus si c'était en italien ou en français, s'il disait vous ou tu, peu importe tu me connais : j'obéis qu'aux spécialistes. Quand mon cœur va lâcher, je cède aux chirurgiens, quand c'est mon âme, je me tourne vers qui de droit. Je lui parle d'un film que je voulais faire sur saint Augustin. Le pape me dit : « Pourquoi un film ? Ce qui compte, c'est sa voix. » Tu le croiras ou pas, révélation, épiphanie, tout le toutim, ça m'est tombé dessus sans prévenir, j'ai compris que le pape et Marguerite étaient d'accord. Quand on tournait *Le Camion*, dans sa cuisine, à la bonne franquette, elle écrivait au fur et à mesure, moi je lisais. Au départ on devait faire ça sur la route, dans un vrai camion, mais c'était l'hiver, pour filmer fallait enlever les portières, ça pelait, Marguerite a décidé que ce qui comptait, c'était nos voix. Après elle les a collées sur des images du camion. Nous au moins on était au chaud. C'était Adjani, la scripte, elle n'avait pas grand-chose à faire : juste noter les vêtements de Marguerite pour être raccord d'un jour à l'autre. Mais elle portait toujours les mêmes… comme le pape.

Quand je vous vois tous réunis ce soir, je pense à ma grand-mère, qui disait l'avenir à la fin des repas du dimanche, elle avait les yeux qui partaient comme ça, elle se mettait à transpirer, et elle faisait parler les morts. Une fois elle a prédit que le nom de Depardieu serait connu dans le monde entier. C'est un don dans ma famille. C'est un don. C'est gratuit. C'est maintenant. Vous êtes partants ? [« Oui, oui ! » fait Madeleine.] Les morts veulent commencer par Madeleine. À tout seigneur…

Pour toi, ma Madeleine, je vois beaucoup d'argent, et un film. [Tout le monde à table fait : « Aaaaaah ! »] Ah, non attends, au temps pour moi, finalement, pas de film. [« Ooooooh ! »] Mais de l'argent, beaucoup. [« Bon, dit Madeleine, bonne joueuse, en riant, ça va, ça va. »] Des dettes. [Madeleine ne rit plus.]

Vous voyez, Madeleine, si je l'aime encore, c'est parce qu'elle y croit toujours. Pas comme Pascal, elle prend vraiment des risques, elle. À claquer en un soir plus que vous tous réunis en un mois, pour vous régaler et vous faire croire qu'elle peut encore le faire, comme au bon vieux temps de Toscan et des millions d'entrées. Il est beau, le pari de Madeleine, parce qu'elle va le perdre, et vous le savez, et vous riez quand même en la dévorant comme des hyènes, alors qu'elle tient encore debout, malgré tout. Ne dis rien, Xavier, t'as encore la bouche pleine. Dans une maison sur laquelle tu as placé une hypothèque. Je veux pas vous faire pleurer, elle vaut pas mieux que vous, ni moi, ni personne. Il y a une Bible, ici ? Non, t'inquiète pas, Jean-Lucas, on va pas jurer dessus, on va juste la lire. Pas toi, un cœur pur : toi, comment tu t'appelles déjà ? Aliocha. Fais ce qu'on te dit, mon garçon. Ouvre le livre, et lis-nous ça. *Évangile selon saint Luc*. Chapitre 16.

Luc 16,1-15
Parabole du gérant habile

Voici une autre histoire que Jésus racontait à ses disciples :
« Un homme riche avait un gérant. On lui rapporta qu'il dissipait son patrimoine.
Il le convoqua : "Qu'est-ce que j'apprends ? Rends-moi les comptes de ta gestion, car tu ne peux plus administrer mes biens."
Le gérant pensa : "Que vais-je devenir, puisque mon maître me prive de mon gagne-pain ? Travailler la terre ? C'est au-delà de mes forces. Mendier ? J'aurais honte.
Je sais ce que je vais faire pour qu'on me réserve un bon accueil après la perte de mon emploi."
Il fit alors venir, un par un, ceux qui avaient des dettes envers son maître. Au premier il demanda : "Combien dois-tu à mon maître ?" Il répondit : "Cent tonneaux d'huile." Le gérant dit : "Voici ton reçu, assieds-toi vite ici et écris cinquante."
Même chose avec le suivant : "Et toi, combien dois-tu ?" Il répondit : "Cent sacs de blé." Le gérant dit : "Voici ton reçu, écris quatre-vingts."
De ce gérant trompeur, le maître fit l'éloge, car il s'était montré habile, et les enfants de ce monde sont plus habiles entre eux que ne le sont les enfants de la lumière.
Moi, je dis : Bien sûr, vous pouvez vous faire des amis avec les richesses injustes, afin qu'ils vous accueillent, lorsqu'elles viendront à manquer, dans les habitations éternelles. »

« Merci Aliocha, arrête-toi là pour l'instant. Tu as bien écouté, Madeleine ? Cette histoire, elle m'a toujours turlupiné. Pourquoi le maître ferait-il l'éloge de son gérant, qui vient de l'arnaquer ? J'ai posé la question au pape. Quelqu'un a une idée ? N'hésitez pas, Madeleine a droit à l'aide de tous ses amis, tous ses jokers, mieux que dans *Qui veut gagner des millions ?*. Pierre, oui, nous vous écoutons. Maître…

– Parce que, Votre Honneur… cet homme était certes un voleur, mais qui avait au moins la capacité, dans les situations de crise, de chercher une solution réaliste et pragmatique.

– Merci, maître. Réaliste et pragmatique, l'avocat a parlé. Quelqu'un d'autre ? Jean-Lucas ?

– C'est un escroc, mais très ingénieux. Le gérant est peut-être une canaille, mais une canaille étonnamment maligne. Réduire la dette des débiteurs de son maître avant de perdre son emploi, pour s'en faire des complices, c'est…

– On ne peut s'empêcher d'admirer l'astuce de sa solution, finit Xavier. Cela se fait au détriment du maître, mais celui-ci ne manque pas d'argent, et, du coup, le gérant est sauvé.

– Merci, Xavier. Parole de banquier.

– L'homme riche, c'est Dieu, évidemment, reprend Pierre. Je crois que c'est un conseil que Jésus donne à ses disciples afin que, quand ils ne manqueront pas de se faire persécuter en tant que chrétiens au sein de l'Empire romain, ils fassent en sorte de survivre sans trop de scrupules.

– Un sage conseil, en somme. Et toi, Aliocha, qu'en penses-tu ?

– Moi ? Rien.

– Mais non, tu n'en penses pas rien. Ce n'est qu'un jeu, un peu de théologie. Tiens, *In vino veritas,* bois un coup. Maintenant dis-nous ton sentiment. Qui a raison ?

– C'est-à-dire que… Personne. Ce sont tous… des pourris.

– Voilà qui a le mérite de la simplicité. Tu peux développer ?

– L'homme riche n'est pas Dieu, c'est juste un homme riche, un cynique qui a dû s'enrichir en collaborant avec les Romains. Il admire l'astuce de son gérant parce qu'il ne vaut pas mieux que lui, ils sont entre crapules, à sa place il aurait fait la même chose. Les débiteurs, n'en parlons pas, ils acceptent sans hésitation d'arnaquer celui qui leur a fait crédit. Ce sont tous des pourris.

– Et où est Dieu dans l'histoire ?

– Je n'en sais rien. Nulle part.

– Et toi, Madeleine, tu dis quoi ? Où est Dieu ? »

Tout le monde se tourne vers elle. Son visage, encore si rouge tout à l'heure, est devenu tout blanc. Plutôt gris. Elle marmonne :

« Je ne sais pas.

– Mais si, Madeleine, tu sais. Enfin, écoute ce que te dit ton cœur, toi qui as tellement d'intuition, toujours. Qui a raison ? Une chance sur deux, Madeleine. Au fond de toi, tu dirais quoi ? Tous tes vieux amis réunis, ou le petit Aliocha, que tu ne connais pas ? Où est Dieu, Madeleine ? Qui a raison ?

– Je ne sais pas...

– Tu dis que tu ne sais pas pour ne pas vexer tes amis, mais ne pense plus à personne. Au regard de Dieu, de ce Dieu qui veille sur les faibles et prend soin des pauvres, selon toi, qui dit vrai ?

– Je ne sais pas, Gérard, je ne sais plus.

– Mais si, tu sais. Vas-y, dis-le.

– ... Aliocha.

– Tu es sûre ?

– Non. Enfin, oui.

– C'est non ou c'est oui ? Devant Dieu...

– Oui, c'est oui.

– Tu es sûre, Madeleine ?

– Oui.

– Absolument ?

– Oui, oui, oui !

– Tu es prête à le parier ?

– Évidemment !

– C'est bien, Madeleine. Bravo. Maintenant, écoute bien. Depuis le temps que tu me cours après pour faire ton chef-d'œuvre à Cayenne, je suis venu en personne pour te dire que c'est d'accord. Tu peux ranger Canto, je veux bien garder Sophie. Attends, sors pas le champagne, Jean-Lucas, j'ai pas fini. Mesdames et messieurs, plus fort que le pari de Pascal ou de Madeleine : le pari de Gérard. Regarde, Mado, je suis là en face de toi, plus beau qu'un chèque de banque, t'en as les yeux qui brillent comme Cosette devant un bon repas chaud, tu sais que si je dis oui maintenant, devant ton avocat, ta chaîne et ton banquier, pour toi ça vaut un million, au bas mot, à la suisse, un dessous-de-table mais dessus. T'as vu les yeux de Xavier ? Tu remontes dans son estime direct, finis les découverts, il passe l'éponge sur les agios, tu passes du rouge au vert, et il sort son chéquier avant de rentrer chez lui pour te laisser de quoi finir le mois et éponger tes dettes. Pierre rédige le contrat, on le signe sur ta nappe. Pour le café j'appelle Bolloré, on prévend à Canal en première exclusivité, et à France 2 ici présente en deuxième fenêtre. Mais il faut faire tapis. Puisque tu es une *risk taker*, on va tout jouer à quitte ou double. Accroche-toi, Madeleine, ce soir je te sors le grand jeu. Je pose les clés de mon hôtel particulier à côté de ton assiette. Si tu gagnes, il est à toi, parole, devant témoins. Tu sais que je tiens. Si tu gagnes, tu prends ton salaire de productrice, ton petit million, normal, mais je te donne aussi le mien, je veux pas tuer le projet, alors on dit la même chose, un million, une broutille. Et mon hôtel particulier rue du Cherche-Midi. Mais si tu perds… si tu perds, ça te coûtera un million. Comme je sais que tu les as pas, je te fais une fleur, Madeleine : je me contenterai de ta voiture. Et de ta maison. Bout à bout, en rachetant l'hypothèque, il doit rester un million, c'est ça Xavier ? [Xavier opine.] C'est équilibré, Mado : toi tu paries un million que tu allais bientôt perdre de toute façon, et moi un million que je n'ai pas encore gagné, plus un million que tu pourrais gagner, plus vingt millions en immobilier. Alors je te repose la question, Madeleine : qui a raison ? C'est toujours Aliocha ?

– Oui.

– Tu en es sûre ?

– Oui, oui.

– Au point de parier ta maison, Madeleine ? Tu peux gagner vingt-deux millions, tes ennuis seront terminés, mais tu peux perdre aussi tout ce qui te reste. Tu sais que j'ai la réponse, c'est la réponse du pape. Je parie vingt-deux millions, Madeleine, allez, parce que c'est toi, j'arrondis à vingt-cinq, j'ajoute trois en liquide, je suis sûr de mon coup, moi je suis prêt à les perdre. Mais toi ? »

Elle pleure en secouant la tête :

« Je ne peux pas. Je ne peux pas.

– Tu es vraiment sûre de toi, ma Madeleine, tu ne veux pas parier ?

– Bon ça suffit, Gérard, maintenant tu vas trop loin, dit Jean-Lucas.

– Oui, trop loin, tu as raison. C'est là qu'on va tous. Termine ta lecture, Aliocha. Que tout le monde entende la bonne réponse. »

« Mais celui qui est fidèle dans les petites choses l'est aussi dans les grandes, et celui qui est malhonnête dans les petites choses l'est aussi dans les grandes.
Et si vous n'avez pas été fidèles lorsqu'il s'agissait de richesses injustes, qui vous confiera les biens véritables ?
Si vous n'avez pas été fidèles dans ce qui est à autrui, qui vous donnera ce qui est à vous ? Nul ne peut servir deux maîtres. Il faut soit haïr l'un et aimer l'autre, soit s'attacher à l'un et mépriser l'autre. Vous ne pouvez pas servir Dieu et l'argent. »
Les pharisiens se moquaient de Jésus en entendant tout cela, car eux aimaient l'argent. Il leur dit :
« Vous, vous cherchez à paraître justes devant les hommes, mais Dieu connaît votre cœur. Car ce que les hommes trouvent estimable est abominable devant Dieu. »

Le silence s'est abattu sur la maison de Mado comme une nuée de sauterelles de l'UBP Madeleine. Un silence pareil, je pourrais pas vous le refaire. Le temps passait comme dans un film de Tarkovski, celui qu'Aliocha m'a obligé à voir un soir, je m'en rappellerai toujours : *Stalker*. On est au milieu de quelque chose, on ne sait pas ce que c'est, une sorte d'insomnie, on sent qu'on n'a aucune chance de s'en sortir. Et puis Gérard est revenu parmi nous, comme si de rien n'était :

« À qui le tour ? Les esprits sont troublés par la présence de deux nouveaux venus, deux intrus. Les morts veulent s'entretenir avec Aliocha et Dimitri en privé. Madeleine, tu permets ? Venez, les frères, vous fumez ? On va s'en griller une dans le jardin. »

Il s'est levé, on l'a suivi. C'était notre tour, comme il disait… Ça allait chauffer. Il n'avait pas dû apprécier d'entendre son nom associé à notre projet. Pourtant, c'était son idée. En même temps il nous avait prévenus, qu'il était imprévisible. Il a proposé une cigarette, je sentais qu'il fallait pas dire non. Aliocha a refusé.

Notre heure était venue, mais notre heure de quoi ? Gérard a levé les yeux :

« Le ciel est clair, pour une fois. La réception va être bonne… Le premier message est pour toi, Dimitri, t'as pas connu les westerns, t'es trop jeune, mais t'es un cow-boy, ça se voit. Les esprits disent : “Méfie-toi, Dimitri, tu sais comment ont fini les Indiens. Eh bien les cow-boys, pareil.” Maintenant, Aliocha… Toi tu lis trop… ça doit bouillir là-dedans, une vraie Cocotte-minute. T'es du genre qu'on voit pas venir, et puis d'un coup t'es là. Tu me fais penser à Resnais. Tu le remarquais pas, un petit bonhomme qui se fondait dans le paysage, à un moment il disait une phrase, qui n'en jetait pas, comme lui, une phrase de rien avec un petit sourire, tu t'éloignais et soudain… boum ! La phrase. Le bonhomme. Tu te retournais. Toujours là, l'air de rien, mais c'était comme si le monde s'était mis à tourner autour de lui, une révolution copernicienne en toute discrétion. Il fallait les bons yeux. C'est là que ça se passe, toujours, dans l'infime, comme la bombe atomique. Resnais. Duras. Truffaut aussi, je l'ai vu partir. C'était d'une tristesse. La dernière fois, aux Césars. Il perdait la tête. On part toujours par où on est arrivé. Le talent, le cancer, c'est juste un déséquilibre, un excès de sensibilité qui finit par se retourner contre nous, selon la justice naturelle. Tu vois, Truffaut, il était plus vivant que les autres, du coup il est mort avant tout le monde. La vie le débordait. Aliocha, tu connais Blaise Cendrars ? “Car je suis encore fort mauvais poète… Car l'Univers me déborde… J'ai des amis qui m'entourent comme des garde-fous, ils ont peur quand je pars que je ne revienne plus… », j'aurais pu l'écrire. La linguistique, tu te souviens ? Tous les mots m'appartiennent à la seconde où je les dis. Ils me traversent, parfois ils me clignent de l'œil, en passant, entre deux phrases, deux avions, deux films. J'ai l'impression de tourner plus vite que la Terre, ça ne dure jamais très longtemps, je me sens vivant comme sur une chaise électrique. Un éclair, puis la nuit. Je sais qu'un jour je ne m'en relèverai pas. On croira que c'est dû à mes excès de table, à ma grande bouffe, à ma soif, à mon sale caractère, mais non, Aliocha, regarde-moi quand je te parle, c'est un excès de poésie qui aura la peau de mon âme. Toi aussi, méfie-toi. »

Sans s'attarder il a écrasé sa clope dans un pot de fleurs, a rouvert la baie vitrée pour rentrer, mais ne s'est pas rassis. La conversation n'avait pas vraiment repris. L'aide philippin avait profité de l'accalmie pour servir le café. Les cuillères tournaient dans les tasses, et les regards se perdaient dans les tourbillons noirs. Gérard dit d'une voix très douce :

« *Abominable devant Dieu…* Tu avais raison tout à l'heure, Madeleine, c'est Aliocha qui disait vrai. Aliocha et le pape sont d'accord : il n'y a que des pourris dans cette histoire. Ce n'est pas le royaume de Dieu, mais celui de Satan. Aliocha, Dimitri, vous avez compris la leçon ? Il suffit d'une grosse somme d'argent pour faire vaciller n'importe quelle certitude.

– C'est dégueulasse, dit Jean-Lucas.

– Oui, vraiment dégueulasse. Mais ils s'en souviendront. Bon ma petite Madeleine, Cayenne c'est fini, adieu veaux, vaches, millions. Je reprends mes clés, je te laisse ta bagnole, ta maison, tes amis. Non non, garde le jambon, prix de consolation, sans rancune. C'était juste pour montrer comment c'était aux gamins. Et maintenant, regarde : tu peux rappeler Cantona, parce que si c'est comme ça, moi je m'en vais. »

Et il fait comme il dit, en laissant la porte ouverte.

J'ai des amis qui m'entourent comme des garde-fous
Ils ont peur quand je pars que je ne revienne plus
Toutes les femmes que j'ai rencontrées se dressent aux horizons
Avec les gestes piteux et les regards tristes des sémaphores sous la pluie

Bella, Agnès, Catherine et la mère de mon fils en Italie
Et celle, la mère de mon amour en Amérique
[...]
Je voudrais
Je voudrais n'avoir jamais fait mes voyages
[...]
Je suis triste je suis triste
J'irai au Lapin Agile me ressouvenir de ma jeunesse perdue
Et boire des petits verres
Puis je rentrerai seul

Blaise Cendrars,
La Prose du Transsibérien et de la petite Jehanne de France

« Bon, dit Jean-Lucas, je crois que c'est l'heure de la grappa, je vous propose de finir ensemble la dernière bouteille avant de passer parmi vous… ça va pas mieux Gérard, il paraît qu'il fait ça à tout le monde en ce moment.

– Ne t'en fais pas, Madeleine, la rassure Marcelle. Tu connais Gérard : même quand il est sobre, il l'est trop.

– Un individu qui met *Innocent* sur la couverture de ses mémoires, c'est forcément qu'il se sent coupable, non ? » enchaîne Pierre.

La conversation reprend des couleurs, on rit un peu trop fort, on se rassure comme à la sortie d'un cauchemar. Madeleine a l'air d'avoir pris un coup de marteau sur la tête, un manteau de plomb sur les épaules, dix ans d'un coup dans les vertèbres.

« Aliocha et Dimitri doivent nous prendre pour des fous ! On se serait cru dans un film italien, dit Jean-Lucas à l'écrivain. Ça ne t'a pas fait penser à *La Dolce Vita* ?

– Oui mais sans Fellini.

– Tu as raison… Et puis sans Marcello !

– Tu peux enlever *dolce* aussi.

– Alors toi. Je sens que tout ça un jour finira dans un livre… Ça mon vieux, tu vas pas nous rater ! Madeleine, ce sera quoi ? Un mélange de Moby Dick et du Capitaine Achab, deux espèces en voie de disparition… Et moi, un mélange de Peter Pan et du Capitaine Crochet ?

– Non. Toi, Jiminy Cricket en plus drôle, en plus méchant, et en Berluti.

– Oui, j'y tiens. Il faut que je te présente Olga, ses cours d'entretien des chaussures sont extraordinaires. Tous ces grands patrons qui viennent apprendre à se cirer eux-mêmes les pompes, c'est impayable, vraiment : “Vous entendez ? Le soulier crisse de plaisir, je le sens sous mes doigts. C'est d'une sensualité extraordinaire.” Avec son petit accent. Personne ne rigole, tout le monde masse le cuir… Et Madeleine, tu ne m'as pas répondu : la baleine ou Gepetto ?

– Pinocchio, il faisait des chèques en bois ?

– Et c'est moi qui suis méchant ! »

Le banquier et sa femme prennent congé, il fait quand même une drôle de température pour la saison, le fond de l'air, mets ton écharpe chéri, j'espère qu'il fera meilleur à Cannes la semaine prochaine. L'avocat s'engouffre dans le sillage, après le quart d'heure de politesse, il est temps d'abandonner le navire. Au moment où on se cale sur Guy-Dominique pour nous aussi filer en douce, Diego embrasse Madeleine tendrement. Elle se laisse aller et sanglote contre sa poitrine, Diego la berce comme il le ferait pour sa mère, on le sent prêt à lui offrir une girafe, si ça pouvait la consoler. Alors il dit :

« On ne peut pas finir la soirée comme ça. Je vous invite tous chez moi, on va boire du bon vin.

– Tu es gentil, Diego, ce n'est pas la peine. »

Mais Diego est sincère, on ne lui enlèvera pas ça, il commande un taxi et nous donne rendez-vous chez lui rue de Presbourg dans une demi-heure. Aliocha me fait non de la tête, on a un scénario à écrire, mais Guy-Dominique ne nous laisse pas le choix : « Il faut goûter le vin de Diego », il dit avec un clin d'œil, et nous embarque avec l'écrivain.

Dehors il fait froid. Des milliers d'autos circulent sans effort. Paris ressemble à une chanson de je ne sais plus qui, ah si, Johnny. Enfin, Michel Berger. La chaleur en moins. L'écrivain s'inquiète :

« T'es garé loin, Guy-Do ?

– Juste là.

– Dis donc, les affaires vont bien.

– Ah non, si tu savais.

– Tu me fais penser à Coppola, qui se lamentait de n'avoir pas assez d'argent pour son film, tout en buvant du champagne dans des coupes Tiffany et en fumant des cigares cubains dans sa suite de luxe à Beverly Hills.

– Tu dis ça à cause de la voiture ? Pas mal, hein ? Une Ferrari 612 Scaglietti.

– Tu sais, moi, je n'y connais rien.

– Le moteur est repris de la 612 d'origine, c'est-à-dire un V12 de 540 chevaux. Une boîte de vitesses Superfast de six rapports qui offre des changements en 100 millisecondes. Vitesse maximale 320 km/h avec un passage de 0 à 100 en 4,2 secondes…

– Tout ça pour aller chez Madeleine.

– Louée pour la soirée… J'ai eu un prix par un copain : trois cents euros, normalement c'est deux cents balles de l'heure. Lelouch avait fait ça pour vendre son film *Une fille et des fusils* à des acheteurs allemands, il était venu en Mercedes. Ça avait marché, il l'avait même vendu plus cher que prévu.

– Et toi, tu vends quoi ?

– Rien pour l'instant, mais on ne sait jamais. L'important, c'est de trouver des acheteurs. »

Dans la voiture, ils continuent de rigoler, ils ont l'air de bien se connaître. Guy-Dominique lui parle de notre projet avec Deneuve :

« Madeleine est intéressée.

– Madeleine est toujours intéressée.

– Raconte-leur quand même comment c'est, travailler avec elle.

– Oui, et puis aussi, je demande, pourquoi elle s'intéresse à nous. »

PURA VIDA

Madeleine, quand tu la rencontres, c'est le coup de foudre. En un regard, elle devient ta meilleure amie, ta productrice et ta mère. Elle veut que tu sois bien, elle te chouchoute, te fait à manger, te trouve un agent, un avocat, te présente ses amis, elle t'ouvre sa table, sa maison, son cœur. C'est comme une quatrième dimension dont tu ignorais l'existence, mais dont bientôt tu ne pourras plus te passer. Madeleine, c'est une drogue, toi tu es comme Ulysse quand il arrive chez Circé, ou sur l'île des mangeurs de lotus. Sauf qu'ici c'est plutôt des rôtis bien juteux, des épaules d'agneau confites avec des purées maison à la truffe, des fleurs de courgette du jardin et des tomates de contes de fées agrémentées d'une huile d'olive au bouquet unique, que tu ne trouves qu'en Sicile, sur l'île de Pantelleria, et que lui a rapportée Carole, avec une caisse de passito rouge. Vous avez vu *Les Ensorcelés*, de Vincente Minnelli ? Kirk Douglas y joue un producteur monstrueux et génial, Jonathan Shields, qui change la vie de tous ceux qu'il approche, en mieux, mais se fâche ensuite avec tous : « Ce n'est pas un homme, c'est une expérience. » Personne ne peut lui dire non. Jusqu'au jour de l'overdose.

Madeleine a la particularité de n'avoir pas d'ennemis, mais beaucoup d'anciens amis. Quand on se fâche avec Madeleine, on ne sait jamais pourquoi. C'est souvent pour rien, presque pour le plaisir. Ou parce que, pour des raisons qui seraient trop longues à expliquer, ça arrange tout le monde, comme si c'était écrit, quelque part sur un grand rouleau, et qu'il fallait obéir au scénario.

Au départ elle avait acheté les droits d'adaptation de mon premier roman, on a pris un café, elle m'a dit : « Je pense que vous devez adapter votre roman vous-même et mettre en scène le film. » Ça a failli se faire, avec Sarde et Canal. Et puis Messier a viré tout le monde. Ça a flingué la moitié des projets en France, dont le nôtre. Et le cinéma, c'est pas la cuisine : on ne repasse jamais deux fois le même plat. Alors elle est partie produire un film en Chine, courageusement, toute seule, à l'époque où ce n'était pas encore la mode. Je ne sais pas comment elle a fait, elle qui s'essouffle pour monter un étage, pour monter un tournage dans les montagnes chinoises. Mais dès que c'est impossible, elle y arrive.

Entretemps j'ai fait un court-métrage. Et j'ai écrit un long, une histoire dont j'ai eu l'idée après des vacances au Costa Rica, un truc avec des dauphins, j'étais dans ma période sous-marine. Elle trouvait ça super, elle pensait qu'on aurait Besson, et puis réflexion faite, que c'était une très mauvaise idée, qu'elle n'y comprenait rien, mais qu'elle venait de s'associer, il n'y a pas de hasard, avec un producteur costaricain, Diego, milliardaire, champion de surf :

« Tu vas voir il est très beau, sa fiancée colombienne aussi, elle travaillait au News Café en bas d'Ocean Drive à Miami Beach, il est entré pour boire un verre, il est reparti avec elle. Il est comme ça, Diego. Il a adoré ton court-métrage, il aime tout ce qui est violent, il veut tourner la suite de *Midnight Express*, il a coproduit *1492*, et il aimerait que tu adaptes un livre dont il a les droits, *La Isla de los hombres solos, L'Île des hommes seuls*, qui se passe dans une prison sur une île, enfin il va t'expliquer. »

Moi au départ je rêvais de nager avec des dauphins, au final on me proposait de tourner en taule. Mais sur une île. Il y avait quand même la mer, et peut-être un film à la clé, alors j'ai rencontré Diego.

Diego, vous avez entendu, habite place de l'Étoile, vous allez voir, un hôtel particulier de deux étages, anciennement demeure du dictateur mexicain Porfirio Díaz, qu'il loue pour la modique somme de vingt mille euros par mois, au bas mot. Tout est grand, en marbre et bois massif, pierre de taille et mobilier à l'avenant. Il habite aussi un peu à Miami, un peu à Los Angeles. Chez lui, au Costa Rica, il a deux maisons, une dans la capitale, à San José, qui ressemble à la Maison Blanche, c'est l'ancienne ambassade américaine. L'autre dans le Nord, qu'il appelle son ranch, avec son zoo africain, équipé d'une vétérinaire ukrainienne, ne me demandez pas pourquoi ukrainienne, mais je sais qu'il y tient. Quand il m'a invité chez lui pour commencer les repérages du film, un certain Mario est venu me chercher à l'aéroport et m'a emmené direct dans le ranch, à quatre heures de route, après dix-sept heures d'avion. Diego n'était pas là, la maison était vide, dans le genre hôtel cinq étoiles, vous allez voir rue de Presbourg c'est à peu près la même ambiance. Mario m'a dit :

« Il faut l'attendre ici, Diego ne va pas tarder. »

On l'a attendu une semaine. Avec Mario, que Diego avait mis à ma disposition, on a sillonné les environs pour commencer les repérages. En rentrant un soir au ranch, on a croisé quatre hommes à bord d'une voiture qui roulait à tombeau ouvert. Deux gardes armés de revolvers, chargés de la protection des lieux, les poursuivaient à pied, de loin. Ils nous ont raconté que les types étaient venus essayer de faire un carton sur les animaux du zoo, à la kalachnikov. Sûrement pour bouffer du zèbre ou de la gazelle. Mais ils avaient raté leur coup. Les gardes s'étaient cachés en attendant que ça passe. Je leur ai demandé s'ils avaient appelé la police. Ils m'ont dit non, pour quoi faire, ils sont déjà partis. « Pura vida ! » C'est ce qu'ils disent, là-bas, pour se dire bonjour, ou dans ce genre de cas. « Pura vida ! » : Laisse béton, ça veut dire, c'est rien, c'est la vie, la vie dans sa *pureté*.

Le lendemain, juste avant l'arrivée de Diego, ses gardes du corps sont venus inspecter le ranch, deux mastards chargés auparavant de la sécurité du président de la République, aujourd'hui de la sienne et surtout de celle de ses enfants, à cause des risques d'enlèvement. Ils sont arrivés avec deux paons dans les bras, qu'ils ont placés dans une sorte de jardin intérieur grillagé d'un seul côté, avec les chambres autour, la maison fait un U. Puis Diego, très souriant, est arrivé en Hummer, avec sa fiancée colombienne, qui je crois avait posé dans *Playboy*, je n'en suis pas sûr, mais elle faisait beaucoup de sport, et un peu de chirurgie. Pendant la nuit un des paons est parvenu à s'échapper en passant par-dessus le grillage. Diego a demandé à Anastasia, sa vétérinaire ukrainienne, de leur couper les ailes, pour qu'ils ne recommencent plus. *Pura vida*.

Au départ c'était un film qui devait se tourner en espagnol sur une île au Costa Rica, à San Lucas, puis Madeleine a pensé que ce serait plus facile à financer en anglais, on a même fait une maquette, une affiche, Diego a acheté un encart dans *Variety* pour annoncer le film au festival de Cannes... Après deux ans de documentation, de repérages, d'écriture, juste par curiosité j'ai demandé à voir le contrat stipulant que Diego possédait bien les droits d'adaptation du roman. Il ne les avait pas. On s'est dit c'est trop bête, tout ce travail pour rien, oublions le livre et tournons à Cayenne quelque chose en français, on aura peut-être le CNC...

Pourquoi je viens encore chez elle ? Parce que la soupe est bonne, le vin aussi. Parce qu'elle est drôle, généreuse. Parce qu'avec elle, on ne sait jamais. Parce qu'un personnage aussi extraordinaire, pour un romancier, est un cadeau. On ne fera jamais de film ensemble, c'est entendu, mais on a failli, on a essayé, avec Madeleine on a beaucoup rêvé. Notre film, on ne l'a pas fait, mais on a vécu des choses inoubliables.

Un jour, on est allés voir Trintignant, chez lui, près d'Uzès. J'étais à 130 sur l'autoroute, entre Nice et Avignon. Madeleine, en somnolant, me dit :

« On se traîne.

– Madeleine, on est à 130.

– Je sais. On se traîne. »

Trintignant nous a accueillis avec sa femme, et son vin, *Rouge Garance*, très costaud, tout le monde était délicieux, on parlait cépages, vendanges.

« Vous savez que je ne veux plus faire de cinéma », il dit comme ça avec sa voix, tranquillement.

Madeleine du tac au tac :

« Évidemment, Jean-Louis, sinon on ne serait pas là ! »

On rigole, on ne sait pas trop pourquoi.

« Pourquoi avoir pensé à moi ? Un tournage lointain, sur une île tropicale, il doit faire très chaud, non ?... Je ne suis plus très jeune. »

Dans l'euphorie du moment, je trouve utile de préciser :

« C'est en prison, aussi. »

Madeleine ne relève pas, elle est toute rouge.

« Comme c'est une idée absurde, on s'est dit que ça pouvait vous plaire. »

Cette fois, on est tous morts de rire. Je regarde l'étiquette de la bouteille : 14,5 %. Madeleine module :

« Non mais ce sera un tournage très confortable, j'en reviens, chez Diego on est comme des rois, c'est un tout petit pays, en une heure à vol d'oiseau on passe de l'Atlantique au Pacifique, d'un centre-ville à la jungle, d'un volcan à une plage de rêve. C'est quand même là que Christophe Colomb a débarqué, alors qu'il avait l'embarras du choix. Je suis sûre que Marianne va adorer, Jean-Louis. Sur les traces de Christophe Colomb... »

Il sourit. Il n'a pas dit non. Je regarde le dessin sur l'étiquette, vraiment très beau, un oiseau crayonné qui s'envole. Trintignant commente :

« C'est un dessin de Bilal, qu'il a fait spécialement pour notre vin. Vous fumez ?

– Non, je dis, mais là oui. »

On a fumé une cigarette. Pendant que je fixais l'oiseau qui, aidé par l'alcool et la fumée, avait de plus en plus l'air de s'envoler de son étiquette, à mi-voix il a dit ce poème de Jules Laforgue, « La Cigarette ». Et puis ç'a été l'heure de partir. Sa femme nous a raccompagnés. Il n'avait pas ri comme ça depuis longtemps. Merci. Revenez.

Pourquoi elle s'intéresse à vous ? Parce qu'elle a besoin de chair fraîche. Parce qu'elle aime la nouveauté, passionnément, et le frisson du succès possible, imprévisible, parce qu'elle a peut-être vu quelque chose en vous, que d'autres verront aussi, parce que c'est peut-être vous, les prochains gagnants de la loterie divine. Parce que des petits nouveaux coûtent moins cher que des vieux, qu'elle va cosigner le scénario, et que c'est autant de gagné en droits d'auteur. Parce qu'un nouveau projet lui permet de relancer la machine, de renflouer la trésorerie, pour tenir aussi longtemps que possible. Encore un film, monsieur le bourreau... Et surtout, surtout, parce qu'elle ne sait pas faire autrement, c'est une force qui va, peu importe où : Dieu y veillera.

Finalement je vais faire comme tous les écrivains : Jean-Lucas a raison, je vais écrire un livre. Ce sera comme un film italien, quelque part entre *La Notte* d'Antonioni et *La Dolce Vita* de Fellini, mais en français, sans Fellini ni Mastroianni – et sans Mastroianni, je vous le demande, qu'est-ce qui reste ? Une nuit blanche qui se termine comme tous les films italiens, au bord de la mer, avec la gueule de bois, parce qu'à la fin il n'y a que ça de vrai. La mer, elle, ne ment pas.

La cigarette

Oui, ce monde est bien plat ; quant à l'autre, sornettes.
Moi, je vais résigné, sans espoir, à mon sort,
Et pour tuer le temps, en attendant la mort,
Je fume au nez des dieux de fines cigarettes.
Allez, vivants, luttez, pauvres futurs squelettes.
Moi, le méandre bleu qui vers le ciel se tord
Me plonge en une extase infinie et m'endort
Comme aux parfums mourants de mille cassolettes.

Et j'entre au paradis, fleuri de rêves clairs
Où l'on voit se mêler en valses fantastiques
Des éléphants en rut à des chœurs de moustiques.

Et puis, quand je m'éveille en songeant à mes vers,
Je contemple, le cœur plein d'une douce joie,
Mon cher pouce rôti comme une cuisse d'oie.

Jules Laforgue

CHÂTEAU ÉTOILE

Chez Diego, c'est comme l'écrivain a dit. Rien que l'entrée est plus grande que chez nous. Le salon, n'en parlons pas, il y en a deux en fait, un qui sert de salon, l'autre de salle à manger, avec vue sur l'arc de Triomphe.

« C'est un peu bruyant quand même » dit Madeleine, qui occupe l'étage du dessous avec les bureaux de leur société.

Il nous fait visiter :

« Là c'est la chambre, lit à baldaquin king size, au bout du couloir la cuisine, mais le cuisinier dort, et des chambres pour les amis, d'ailleurs je vous présente Hans, qui vient d'arriver, on s'est rencontrés à Goa. »

Quand on aime les mètres carrés, j'imagine qu'on ne compte pas, mais il y en a au moins deux cents, au-delà moi je sais plus. J'essaye de ne pas avoir les yeux plus gros…

« Avec toutes ces émotions, on pourrait peut-être boire un coup maintenant, dit Madeleine. Hein Diego, tu ne nous as pas fait venir jusqu'ici pour sucer des glaçons. »

Diego sort six bouteilles, qu'il pose sur la cheminée. Un Petrus, un Cheval Blanc, un Haut-Brion, un

Château Latour, un Mouton Rothschild et un Château Margaux, que des premiers grands crus classés. Il les ouvre toutes, en précisant, très fier, qu'il a touché le Cheval Blanc à moins de huit cents euros la bouteille sur Internet, une caisse de douze. On boit dans des grands verres faits pour. Madeleine a retrouvé le sourire, elle déguste son Petrus, on dirait une petite fille. Pendant que Diego est à l'autre bout de la pièce en train de montrer à Jean-Lucas les frigos spéciaux qu'il vient d'acheter pour conserver son vin, elle fait signe à l'écrivain de s'asseoir à côté d'elle, et lui sort :

« Je ne sais pas si je devrais te le dire, mais il faut que je te raconte. La semaine dernière on dînait à Los Angeles avec Diego et Khatia chez mon amie Elizabeth, qui s'occupe entre autres de Javier Bardem et Penelope Cruz. Elizabeth dit : "Tiens, en ce moment Penelope et Javier cherchent un film en espagnol où ils pourraient jouer ensemble, ils ne trouvent rien !" Mon sang ne fait qu'un tour, tu penses et je parle de notre film : "Quelle coïncidence, justement, avec Diego on a développé un scénario formidable, en espagnol, au Costa Rica, l'histoire d'un couple dont le mari est nommé directeur d'une prison très dure sur une île, une île où il n'y a que des hommes, et qui s'installe avec femme et enfants. Le rôle de la femme est très fort. Forcément, c'est la seule." Elizabeth est enthousiaste, elle demande à lire, elle veut te rencontrer, te faire venir à Los Angeles pour travailler sur le script si besoin, bref tout va pour le mieux quand Diego dit : "Non, pas question, le rôle de la femme, il est pour la mienne." Elizabeth regarde Diego, pour voir s'il est sérieux, regarde la grande et blonde Khatia qui ne parle pas un mot d'espagnol, me regarde. Et puis passe à autre chose. Je n'aurais pas dû te le dire, hein, mais tu es d'accord : il fallait que je te raconte ! »

C'est le moment que choisit Diego pour débouler, une bouteille à la main, et resservir Madeleine :

« Cheval Blanc ! »

Ça a beau être du vin, pour l'écrivain, c'est la goutte d'eau. Il déborde :

« Diego, merci pour tout, mais au lieu de nous offrir à boire, tu pourrais peut-être régler mon à-valoir. Tu sais, ce contrat qu'on a signé il y a un an, pour ce film qu'on devait faire, avec Madeleine. Parce que les écrivains aussi doivent se loger et se nourrir, s'ils veulent écrire. Moi j'ai fait ma part, et j'attends pas d'être payé en alcool, je suis pas Bukowski. »

Diego change de tête. Lui si cool jusqu'ici se tourne vers Madeleine :

« Madeleine, tu diras à ton ami que les gens comme lui, qui rêvent de cinéma, à Los Angeles, en attendant que ça marche pour eux, ils sont tous serveurs. »

L'écrivain est devenu tout blanc. Il se tourne lui aussi vers Madeleine :

« Madeleine, tu diras à ton ami que je n'ai rien contre les serveurs, mais qu'on a signé un contrat, et que s'il veut les droits sur ce que j'ai écrit, il va devoir respecter sa parole. Comme à Los Angeles. »

Madeleine, qui passe décidément une bonne soirée, doit regretter de n'être pas restée chez elle. Elle soupire :

« Diego, tu sais, tout le monde n'a pas ta chance, le temps pour nous ne passe pas comme pour toi. On est tous un peu à bout avec ce film, et ce n'est pas beaucoup d'argent. Je suis épuisée, Diego, je n'ai vraiment pas besoin de ça ce soir. »

Diego se lève. Le visage fermé, il disparaît sans un mot dans sa chambre.

Quelques instants plus tard il revient avec une énorme mallette en cuir noire, plutôt une valise, qu'il pose sur ses genoux en s'asseyant sur l'immense canapé blanc. Il est mort de rire, et s'adresse à l'écrivain comme s'il ne s'était rien passé :

« Tu sais qui m'a offert cette mallette ? C'est Dodi.

– Dodi ?

– Dodi. »

Al Fayed, probablement. Il l'ouvre. Des liasses de billets.

« Tu veux combien ? En quelle monnaie ? Dollars, euros, francs suisses, *colones* ? »

Madeleine roule des yeux devant les liasses. L'écrivain, gêné, évacue :

« Non merci. Je veux un chèque demain, du montant prévu par le contrat. Ni plus ni moins. »

Diego insiste :

« Tu es sûr ? Tu ne veux pas plutôt du cash tout de suite ? Vas-y, prends tout ce que tu veux, dans la monnaie que tu veux. C'est de l'argent gratuit… »

Madeleine montre son verre :

« C'est dommage de boire ça sans rien. Il n'y a même pas de cacahuètes ? »

Diego ni une ni deux met les bouteilles dans des sacs plastique et nous emmène en bas de chez lui, au restaurant. Il pose les bouteilles sur une table, propose au patron de payer un droit de bouchon, pour pouvoir boire ce qu'il a apporté. Le patron refuse. Diego demande la carte des vins, et commande, avec les tartares, deux bouteilles de Petrus et une de Cheval Blanc. Les serveurs demandent l'autorisation de photographier la table, ils n'ont jamais vu autant de bouteilles comme ça ouvertes en même temps.

Hans, l'ami de Diego nous a rejoints. Tout le monde est très, je ne sais pas, on devrait dire content, et en même temps Jean-Lucas tend une perche à Madeleine qui pique du nez sévère :

« Bon, moi, je vais y aller, Madeleine, j'ai un livre à finir, je peux te raccompagner mais si tu veux rester, reste. »

Madeleine ne reste pas. Après avoir embrassé Diego et Guy-Dominique, elle nous fait signe de ne pas bouger et nous salue d'un joli geste de la main, comme une feuille morte. L'écrivain se lève et fait le tour pour l'embrasser. Il la regarde partir au bras de Jean-Lucas. Pendant que Diego et Hans rient en anglais et en espagnol, l'écrivain nous balance à voix basse :

« Ce soir, c'était notre dernier souper, notre dernière nuit ensemble. Je l'ai aimée, comme une femme de ma famille. Pas ma mère, j'en ai déjà une, mais une tante, une grand-mère ou une cousine de mon père, qui viendrait d'un monde ancien, rural, disparu, et qui s'accrocherait envers et contre tout à l'illusion de pouvoir encore jouer des coudes à la table de la roulette pour placer un dernier pari. Ce soir, c'était la scène de trop, celle dont on avait besoin pour consommer la rupture. Je l'aimerai toujours, on n'arrête pas d'aimer Madeleine, on s'éloigne. On ne se reverra plus, ou alors par hasard, elle fera semblant de ne pas me reconnaître. Rideau ! Si j'étais à sa place, au lieu de courir après untel ou unetelle, je me filmerais pendant vingt-quatre heures, j'appellerais ça *Vingt-quatre heures de la vie de Madeleine*, ou en faisant un peu de montage, *Mado de 5 à 7*. On tournerait ça à la Cassavetes, au plus près de sa fougue, de sa générosité, de ses colères, de ses regrets, de sa mauvaise foi, c'est une actrice formidable, une menteuse d'une sincérité absolue, elle est son plus beau personnage, elle pourrait avoir un César, une Palme, un Ours, un Oscar, tout ce dont elle a toujours rêvé… Voilà le drame de Madeleine : son meilleur film, c'est elle, et elle n'en a aucune idée. »

Il paraît que le bon vin ne fait pas mal à la tête, en attendant tout le monde est bien ivre. Le sourire de Diego brille tellement dans la nuit, on dirait la tour Eiffel, Paris lui appartient. Il n'y a plus de cigarettes, les bouteilles sont presque vides, Hans veut porter un toast. Pour se remplir un dernier verre, il mélange ce qui reste de Petrus et de Cheval Blanc, et trinque à sa création qu'il baptise avant de l'avaler cul-sec :

« Château Étoile ! »

C'EST TRÈS SIMPLE

Marlon Brando : « Vous pouvez gagner beaucoup d'argent avec le cinéma si vous ne dépensez rien. Si vous tournez en dehors des États-Unis, avec des acteurs doués mais pas très connus, et que vous évitez d'avoir affaire aux syndicats. Ne donnez rien au cinéaste, accordez-lui un demi pour cent du film. Engagez des acteurs inconnus. Ne dépassez pas deux millions de dollars. Vous pourriez le diriger vous-même. N'importe qui peut faire un film. Vous pouvez même être acteur. Tout le monde veut faire du cinéma. C'est très simple. Ne travaillez pas avec un studio. Le principal c'est de faire quelque chose de crédible pour que les gens rentrent dans votre histoire. Tournez en seize millimètres. Je ne sais pas si vous avez du talent pour les dramatiques, mais le plus gros est improvisé, de toute façon. *Le Dernier Tango* était formidable pour l'improvisation. J'ai écrit une grande partie de ce film. Les dialogues. Et vous incorporez l'improvisation. De Niro et Scorsese sont capables de faire ce genre de choses. Un autre moyen de l'écrire est de réunir les acteurs. Laissez-les parler. Ou invitez les gens que vous voulez représenter et demandez-leur de parler d'eux, c'est le meilleur moyen de faire vrai. Mais bon Dieu, je n'ai même pas lu votre scénario et je vous raconte ça. »

Lawrence Grobel, *Conversations avec Marlon Brando*

INTÉRIEUR JOUR. CANNES. HÔTEL MARTINEZ.

Dans votre chambre, vous vous maquillez face au miroir de la salle de bains. Vos mains tremblent. Vous allumez une cigarette. Votre téléphone sonne, vous regardez le nom qui s'affiche : « Gérard ».

Vous écrasez votre cigarette, observez votre mise dans le miroir, vérifiez la présence d'un objet dans votre sac à main, sortez de la chambre et vous dirigez vers l'ascenseur. Vous appuyez sur le bouton qui va vers le haut.

INTÉRIEUR JOUR. HÔTEL MARTINEZ. ASCENSEUR.

Vous montez dans l'ascenseur. À l'intérieur, Steven S., un homme barbu avec des lunettes. Il s'apprête à vous saluer mais vous évitez son regard. Silence.

[« Steven S., c'est ?...
– Oui.
– Pourquoi vous n'écrivez pas son nom ?
– On n'est pas sûrs de l'avoir. »]

INTÉRIEUR JOUR. DERNIER ÉTAGE DU MARTINEZ. BIJOUTERIE.

Vous entrez dans la bijouterie, vous vous dirigez vers le comptoir. Vous saluez le responsable de la boutique et son employé d'un signe de tête. Ils vous répondent :

« Bonjour madame D. »

[« Pourquoi ils ne disent pas mon nom ?
– On n'était pas sûrs de vous avoir. »]

Le responsable tourne le dos au comptoir pour ouvrir un coffre. Il en sort une parure si extraordinaire qu'elle l'éblouit en réfléchissant la lumière. Il doit cligner des yeux.

[« C'est quoi, comme parure ?
– Ça dépendra de ce qui est disponible sur place.
– Je m'entends très bien avec eux, je choisis toujours ce que je porte.
– Une préférence ?
– Il y en a une que j'aime beaucoup, de Suzanne Belperron, en calcédoine et saphirs. Cette année on m'a dit qu'il y aurait de très belles pièces, notamment un ensemble en diamants et émeraudes ayant appartenu à Elizabeth Taylor.
– Il ne tient qu'à vous. »]

Quand il se retourne vers vous, vous le braquez avec votre revolver, et faites un signe de tête en direction de votre sac à main. Le responsable hésite, vous le fusillez, du regard toujours. Il s'exécute, vide le contenu du coffre, qu'il place ensuite dans votre sac. Vous lui faites signe avec votre arme de se retourner, puis vous partez en courant vers l'ascenseur, descendez, sortez de l'hôtel par derrière et montez dans la limousine qui vous attend en double file.

« C'est tout ?

– Oui.

– Je ne dis rien ?

– Non. C'est un braquage.

– Trois scènes pour un million d'euros, et pas une ligne de dialogue ?

– Oui. Et même : pas un mot.

– Je pourrais dire au moins : "Haut les mains !" ou "Les bijoux !" ou je ne sais pas…

– Non. Rien. Vous avez dit un jour que vous rêviez de jouer dans un film muet, en couleurs, moderne, peut-être pas un long, mais un moyen-métrage… Voilà. C'est l'occasion.

– C'est vrai, j'ai dit ça. Vous êtes bien renseigné. Là c'est plutôt un court. J'avais dit aussi avec beaucoup de musique.

– On peut en rajouter.

– Tout de même. Un million pour ça, j'ai du mal à y croire. Je ne suis pas Marlon Brando ! Pourquoi moi ?

– Marlon Brando n'a jamais eu son bateau-mouche.

– Pardon ?

– Vous êtes le seul bateau-mouche vivant. Regardez les autres : Édith Piaf, Jean Gabin…

– Je ne sais pas comment je dois le prendre.
– Un compliment. Mais il y a une condition.
– Je me disais aussi. À ce prix-là, il faut jouer nue, c'est ça ?
– On tournera une seule prise, un plan-séquence en temps réel. Vous travaillerez sans filet. Et sans répétition.
– J'adore ça, la spontanéité.
– Vous serez parfaite.
– Trois minutes de tournage, un million… Qui finance ?
– C'est important ? »

Silence.

« Je n'aime pas trop la limousine.
– On prendra une autre voiture.
– Le "Gérard" qui cherche à me joindre, c'est celui auquel je pense ? Ce ne serait pas lui, le producteur mystère, par hasard ? Ça lui ressemblerait bien.
– Nous avons promis de ne rien dire. Mais il nous a fortement conseillé de vous approcher.
– Et le contrat ? J'imagine qu'il n'est pas fait mention par écrit de la somme évoquée ?
– Non, évidemment. Officiellement, vous êtes en participation.
– Qu'est-ce qui me dit que vous n'êtes pas des petits rigolos, ou au contraire de vrais criminels ?
– Rien. C'est un risque. Trois minutes. Un million. Au pire vous aurez perdu 180 secondes de votre temps. Au mieux, vous aurez gagné 333 333 euros par minute… Mais si vous ne touchez pas l'argent dès le

premier soir, comme promis, nous perdons notre star, et nous n'avons plus de film.

– C'est un peu le pari de Pascal, votre truc. Dans tous les cas, je ne peux pas perdre.

– Exactement. Sauf qu'on met de l'argent à la place de Dieu.

– C'est terrible ce que vous dites. J'ai vraiment l'impression de vendre mon âme au diable.

– Si ça vous gêne vraiment, on peut redescendre un peu, disons cent mille euros ?

– Non non, ça ira. Rajoutez-moi une scène d'une minute, comme ça, un million divisé par quatre, ça fera un compte rond. Mais la suite du scénario, je l'aurai quand ?

– Chaque soir, les scènes du jour suivant seront glissées sous votre porte. Pour garder la fraîcheur, la surprise.

– C'est drôle. François faisait la même chose sur *La Sirène du Mississipi*, il écrivait au fur et à mesure. Mais bon, c'était Truffaut. J'espère que vous savez ce que vous faites.

– Nous ne sommes que des étudiants. Mais même Truffaut a dû partir de rien. Si vous êtes là, c'est qu'au fond, vous le savez aussi : faire confiance, c'est toujours courir un risque.

– Ce n'est pas faux. Mais je refuse.

– Vous ne voulez pas prendre le temps d'y réfléchir ?

– C'est tout réfléchi. Je refuse de courir.

– Pardon ?

– À la fin de la scène dans la bijouterie – d'ailleurs, ce n'est pas une bijouterie, c'est une immense suite au septième étage, très bien gardée, une vraie forteresse –, enfin la scène où je suis censée partir en courant. Je n'en vois pas l'intérêt. La course, non c'est ridicule, ça ne va pas du tout avec notre morphologie. Pourquoi pas le jogging tant que vous y êtes ? Pour les humains, c'est contre nature. Je refuse.

– C'est un braquage, il faut être un peu réaliste.

– Le vrai réalisme, c'est d'être fidèle au personnage. Le personnage, je le connais mieux que vous, puisque c'est moi. Même du point de vue criminel, quelqu'un qui court, c'est louche, alors qu'une star qui marche, d'un pas un peu vif si vous y tenez, on va lui tenir la porte et lui tendre la main. Croyez-moi. Ce sera beaucoup mieux si elle marche. Dans la nuit, avec la parure autour du cou, ce sera très beau. »

EXTÉRIEUR NUIT. CANNES. LA CROISETTE.

Vous avancez en marchant d'un pas un peu vif dans la nuit, vous brillez de mille feux. À votre cou une parure Suzanne Belperron, calcédoine et saphirs, dans vos cheveux un diadème, or blanc, or gris, diamants gris. Dans vos yeux le reflet des étoiles d'un ciel d'été précoce. Sur votre passage la foule des badauds s'écarte. Vous sortez une cigarette, que vous allumez avec un briquet en or vierge serti d'émeraudes. Une berline s'arrête à votre hauteur, le chauffeur descend et vous ouvre la porte arrière. Vous ne bougez pas et continuez à fumer en regardant la mer. Une voiture klaxonne. Vous jetez un regard au conducteur impudent, qui vous reconnaît et cesse aussitôt de protester. Puis, impériale, vous montez dans la voiture, qui vous emporte loin de la foule et disparaît dans la nuit.

Elle n'a plus rien dit pendant tout le reste de sa cigarette. Elle regardait les photos sur les murs. Surtout une, en noir et blanc. On aurait dit la mer. Grise, avec le ciel au-dessus, mais sans ligne d'horizon. Elle a écrasé sa cigarette, en a allumé une autre :

« Vous n'avez pas connu ça, vous êtes trop jeunes. De mon temps, une photo n'était rien tant qu'elle n'avait pas été révélée. J'ai dit *de mon temps*, c'est terrible. Eh bien figurez-vous qu'à l'époque, quand on prenait une photo, on ne pouvait pas la voir tout de suite. Tant qu'on ne l'avait pas développée, elle n'était qu'une promesse, un rêve, un espoir qu'il fallait protéger de la lumière. Maintenant c'est juste clic et puis voilà. C'est comme votre caméra, là, même pas une caméra, un téléphone ! Il n'y a pas de pellicule, pas de film, juste des capteurs, c'est d'une tristesse. On ne vous apprend plus rien dans vos écoles ? Moi par exemple, je refuse d'être captée. Je veux être filmée. Ah vous souriez mais ça n'a rien à voir. Vous n'imaginez pas à quel point.

Si vous m'aviez dit Catherine, pour les gros plans, nous n'utiliserons que des longues focales, peut-être du 300 ou même du 400 mm, à cause de la faible profondeur de champ, avec une grande ouverture, pour avoir vos yeux nets et les oreilles et l'arrière de la tête légèrement flous, ça vous donnera une aura d'une grande tendresse, ce sera très doux, comme Katharine Hepburn dans le film de Sidney Lumet, *Long voyage vers la nuit*. On vous prendra le plus possible à contre-jour : on placera la source lumineuse derrière vous en l'orientant vers l'arrière de la tête et les épaules, avec un éclairage frontal de plus faible intensité, comme on faisait pour Dietrich, ou Garbo, toutes celles que Buñuel appelait pour rire "belles de contre". Si vous m'aviez dit Catherine, pour donner un peu de mélancolie à l'ensemble, on préexposera le film, très brièvement, dans une chambre noire avec une ampoule à soixante watts, pour désaturer les couleurs, et donner à la pellicule un ton laiteux, un peu gris… Ou si vous m'aviez parlé du Caravage et de son *chiaroscuro*, si vous m'aviez dit voilà on va faire pareil : beaucoup de lumière qui vient toujours de côté, jamais d'en haut ; et de l'autre côté, pas de lumière, que des ombres. Mais dans cette ombre, quelques reflets sur une surface métallique, pour donner à votre visage comme une texture dorée… Je vous aurais sûrement dit oui, bien sûr, pourquoi pas, je veux bien essayer, faisons ce film.

Mais là, franchement, je ne vous sens pas habités par votre histoire. Je vois bien l'idée, je finance votre film par ma présence, vous me versez un *bonus* en cash, comme chez les traders. C'est très malin, mais malin, ça ne me suffit pas. Vous croyez qu'il suffit de m'agiter quelques billets sous le nez pour me faire marcher dans votre combine ? D'habitude, on me demande plutôt de mettre mon cachet en participation, au nom de la *passion du cinéma*. Même Desplechin, Assayas, Téchiné tirent le diable par la queue pour monter leur financement. Vous c'est plus original, c'est l'inverse, mais faire miroiter des dessous-de-table, vous avouerez qu'il y a de quoi se méfier. Pour votre gouverne, quand je tourne une publicité, je touche jusqu'à dix fois plus ; l'argent, j'en ai déjà, merci. Alors quand on me parle cinéma, moi j'attends du cinéma, pas un pourboire, si généreux soit-il. C'est bien simple, vous me faites penser à Godard, et ce n'est pas un compliment. Je l'avais rencontré dans les années soixante pour un projet, l'adaptation d'un polar, on avait pris un verre sur les Champs, et puis voilà, on aurait pu en prendre encore deux ou trois, il n'avait rien à dire sur son film, il voulait juste prendre des verres avec moi, un peu comme tout le monde à l'époque, d'ailleurs. Attention, je n'ai rien contre boire des verres, ne me faites pas dire le contraire, vous êtes charmants mais là, je vais devoir vous laisser, vraiment. »

Comme on n'avait plus le choix, et qu'on avait quand même une mission, tu as craché le morceau :

« On n'était pas censés vous le dire avant que vous ayez accepté, mais au point où on en est… c'est amusant que vous parliez de Godard. Comment vous avez deviné ? »

Elle s'est tue. Toi aussi. J'ai vu dans son regard qu'elle était plus qu'intriguée, et que cette fois, on l'avait ferrée. Surtout que c'était la première fois qu'elle entendait ta voix, Aliocha. Peut-être, réflexion faite, qu'on aurait dû commencer par là. Après tout, star ou pas, une actrice, elle a raison, ça rêve d'abord de cinéma.

L'EFFET KOULECHOV

« Pourquoi vous ne me l'avez pas dit tout de suite, que c'était pour Godard ?

– Jean-Luc a lu dans une interview que vous trouviez que ses derniers films n'étaient pas regardables.

– Je n'ai jamais dit ça !

– Vous avez dit : "Quand j'entends le texte des films récents de Godard, je trouve ça absolument formidable. Ça me touche énormément. Mais quand je les vois, j'ai du mal…"

– Peut-être… Il l'a mal pris ?

– Au contraire. Il l'a pris comme une invitation à faire un film avec vous, pour faire quelque chose de regardable.

– Et pourquoi il ne vient pas me le dire lui-même ?

– Il ne quitte presque plus jamais la Suisse. À son âge, il préfère garder son énergie pour le tournage.

– Mais vous êtes qui, vous ?

– Nous formons avec Jean-Luc le groupe Koulechov.

– Ah il est reparti dans ses trucs politiques ? Il avait déjà fait le coup dans les années soixante-dix avec sa bande Dziga Vertov. Il ne voulait plus être Godard, mais un membre anonyme d'un groupuscule militant.

Je me méfie beaucoup des gens qui s'abritent derrière un groupe.

– Jean-Luc a toujours été très timide, il craint votre refus.

– Timide, Godard ?

– Si vous dites oui, il vous appellera.

– Il ne va pas me demander de financer son film au moins ? Je ne sais pas si je lui ai pardonné ce qu'il a écrit à Truffaut, après *La Nuit américaine*. Et puis ce qu'il a dit de *Baisers volés*. "On est à la fois baisés et volés." C'était vraiment odieux. Je n'ai pas envie de me faire insulter, j'ai passé l'âge.

– Il sera très heureux d'en parler avec vous. Il regrette. Truffaut lui manque énormément. Et il tient à lui rendre hommage à travers vous : c'est pourquoi il vous veut absolument pour son dernier film.

– Son dernier film, vraiment ?

– Et pour le financement, vous n'avez rien à craindre. Tout le monde veut en être. Il sait que vous êtes très prise, que vous avez des raisons de vous méfier, c'est pourquoi il vous propose un million. Qui vous sera remis intégralement dès le premier soir du tournage. En signe de confiance. Ce ne sera pas dans le contrat. Vous n'aurez rien à déclarer.

– Si je le fais, ce ne sera pas pour l'argent.

– Lui non plus. Il est comme vous, ça ne l'intéresse pas. C'est juste en gage de respect.

– C'est vrai que je regrette de ne pas avoir travaillé avec lui car j'aime beaucoup ce qu'il fait. C'est quelqu'un qui filme vraiment bien les acteurs : Jean-Paul Belmondo est génial dans *Pierrot le fou*, Bardot n'a jamais été aussi bonne que dans *Le Mépris* et j'adore Anna Karina. Ce qu'ils ont fait ensemble dans les années soixante est merveilleux de charme, de fantaisie.

– Alors c'est oui ?

– Je ne sais pas. Dites-lui de m'appeler à ce numéro. La nuit, c'est plus tranquille. »

– Comment il s'appelle ? Qu'est-ce qu'il fait ?
– C'est monsieur Samuel Fuller, c'est un Américain, c'est un producteur de cinéma. Il est là pour faire *Les Fleurs du mal.*
– Baudelaire, c'est bien… J'ai toujours voulu savoir ce que c'était exactement que le cinéma.

Pierrot le fou, Jean-Luc Godard

« Allô ?

– Je ne vous réveille pas ?

– Non non. Je revoyais *À bout de souffle.* C'est toujours bien.

– Moi aussi je vous regarde. Je vous écoute surtout. J'aime beaucoup.

– Quoi ?

– Votre manière de parler. Trop vite. Comme je filme. On ne comprend pas tout non plus.

– Le million, c'est pour m'acheter ?

– Non. Pour me racheter.

– Pourquoi autant d'argent ?

– Parce que c'est ainsi. Nous on essaie modestement de penser ; les producteurs, eux, ne pensent qu'à dépenser. Il ne faut pas les contrarier.

– Pourquoi moi ? Je suis peut-être une mauvaise idée.

– Ce que je veux, c'est imprimer une expression, pas exprimer une impression.

– C'est très beau, vous devriez plutôt...

– Écrire, j'y songeais au début. C'était une idée mais elle n'était pas sérieuse. Je voulais publier un premier roman chez Gallimard. J'ai essayé : "Il fait nuit..." Je n'ai même pas fini la première phrase. Alors j'ai voulu être peintre. Et voilà, j'ai fait du cinéma… Le scénario de mon dernier film, ce sera vous. Ce sera bien. Comme si Truffaut et moi, on se réconciliait. Et puis, aussi, je ne devrais pas le dire, mais j'aimerais finir sur un succès populaire.

– Vous vous souvenez, quand on avait pris ce verre pour un projet de film dans un café de l'avenue Georges-V…

– Oui, pour adapter un bouquin de Manchette…

– J'ai tout de suite senti qu'il ne se ferait pas, j'avais vraiment l'impression que vous vous en foutiez complètement. De ce film en particulier, du cinéma en général, et de moi au passage, tant qu'on y était.

– Non non, pas du tout, c'était très important, au contraire. Mais c'était très important aussi de ne pas le faire. Je fais des films pour occuper mon temps. Si j'avais la force de ne rien faire, je ne ferais rien. C'est parce que je n'ai pas la force de m'occuper à rien que je fais des films. Pour aucune autre raison. C'est là le plus vrai de tout ce que je peux dire sur mon entreprise. Enfin, maintenant, nous y voilà, à nouveau. Godard-Deneuve, deuxième ! On tourne la semaine prochaine…

– C'est difficile d'être précipitée, comme ça, en quelques heures.

– Pourquoi ? Vous pensez qu'il faut s'habituer à un rôle ?

– Non, je n'en sais rien ; mais parce que c'est difficile, quoi, c'est tout.

– Non, non. Je ne vous demande pas de jouer. Les garçons vous ont expliqué. Ça sera en une fois, en une seule fois, tout ce qui se passe dans cet hôtel de Cannes. Ça vous fait peur ?

– Forcément. Une seule prise, c'est quand même… je l'ai déjà fait, chez Garrel. Ce n'était pas…

– Ce n'était pas Godard.

– Je ne voulais pas…

– Et puis aussi on n'aura pas de lumières. Je vous ai dit ? On fera tout complètement au naturel.

– C'est gentil de m'avoir caché ça ! Tourner sans lumières, en une seule fois, une scène pareille, moi je ne trouve pas ça très naturel, justement, au contraire.

– Si c'était naturel, on prendrait des gens, pas une actrice de votre calibre.

– Parlons-en, du calibre. C'est vraiment utile ?

– Je ne peux pas vous dire que c'est facile, ce que vous allez faire, Catherine. Si vous avez peur, vous avez raison. Vous avez raison d'avoir peur.

– Comme j'ai peur tout le temps, ça ne changera pas grand-chose.

– Non, avoir encore plus peur que d'habitude.

– Mais j'ai encore plus peur que d'habitude… C'est terrible d'être toujours menée par la peur.

– Oui, c'est ce qu'on appelle être une grande comédienne.

– Si c'est ça, tant mieux, mais ce n'est pas sûr. Enfin, je suis très contente et complètement touchée, à la vérité, de tourner avec vous quand même.

– Moi aussi, alors on est deux. Bon si on passait aux choses sérieuses. J'aimerais tourner ce film comme si c'était le film de quelqu'un d'autre. Parce que Godard, personnellement, j'en ai fait le tour. Il faudrait essayer de se surprendre un peu, non ? Sinon, pourquoi filmer encore ?

– Vous me voulez pour filmer comme Truffaut ?

– Non non, il ne faut pas exagérer non plus. J'ai dit se surprendre, pas se décevoir. Pour ne rien vous cacher, je vais essayer de filmer cette scène de hold-up comme Duras, ou plutôt comme Duras si elle avait été Michael Mann. C'est ambitieux, je sais, on ne m'enlèvera pas ça.

– Mais tout cet argent, c'est trop. J'ai réfléchi, je ne veux pas. Ça met en danger le film.

– Exactement. Le danger. Sinon ce serait juste un film sur la mer, vous qui regardez la mer. Duras, mais sans la dureté de Michael Mann. Un peu Catherine à la plage, si vous voulez, avec cette qualité d'enfance. Duras elle a été la première, elle a lancé la Nouvelle Vague avec *Hiroshima mon amour*, moi j'aimerais achever son geste et puis ne plus en faire, ni de films ni de vagues. Catherine face à la mer, pour finir. Mais je tiens à vous payer, et à vous payer trop, parce qu'il faut qu'on sache que le film a coûté très cher, pour qu'il soit commercial, que tout le monde aille le voir, ceux qui m'aiment et surtout ceux qui ne m'aiment pas, parce qu'ils sont plus nombreux, par curiosité, pour voir le gâchis, le monstre qui a coûté si cher alors qu'il y a si peu à voir. Vous avez vu le Carax, *Les Amants du Pont-Neuf*, c'était bien, la salle était pleine de badauds venus voir l'accident, après je suis allé voir le Pont-Neuf, c'était très bien aussi, même sans les amants ni tout cet argent, c'était même mieux. Je ne veux pas qu'on dise : “Elle a accepté de faire ce film pour rien, parce que Godard.” Non. Je veux qu'on dise : “Godard peut encore trouver beaucoup d'argent, il peut même se payer une star.” Je n'ai plus rien à dire maintenant. Je dois vous laisser.

– Comment je vous appelle ?

– Mes amis m'appellent Jean-Luc. Mes ennemis ne m'appellent pas, ils ont trop peur que je revienne.

– Je croyais que vous étiez devenu “la bande Koulechov”.

– Ah ça... Il faut bien s'amuser un peu, non ?

– Bien d'accord. Mais je voulais dire : au téléphone, comment je vous appelle ? Votre numéro est masqué.

– Je ne connais pas mon numéro. C'est moi qui vous appellerai. Donc à Cannes, la semaine prochaine, comme prévu.

– Attendez, je ne vous ai pas répondu.

– Pas besoin. Vous et moi, on se comprend à demi-mot. Nous devons faire ce film, nous n'avons pas le choix. Comment disait François ? C'est comme un train...

– Comme un train dans la nuit.

– Voilà. Dans la nuit. Ce sera notre secret. N'en parlez à personne, même à moi. Je compte sur vous, Catherine. »

CANNES LA BROCANTE

Catherine, vous m'entendez ? On est en *conference call*. Dimitri, qui vous filme, entend la même chose que vous, je vous parle à tous les deux...

Bon, nous sommes à la veille du grand jour, là. Nous allons tourner le braquage demain et nous allons tourner très, très peu ; nous allons tourner un seul plan, un plan-séquence, en une seule prise. Ce sera raté ou réussi, c'est égal, nous savons déjà que le film va faire le tour du monde ! Parce que c'est ainsi, c'est Godard + Deneuve, c'est ainsi.

Je la veux plus plate, la mer, tu comprends, Dimitri ? On aurait dû tourner à Deauville, c'est complètement lagunaire, alors qu'ici...

Je dis ça à Dimitri Koulechov qui fait l'image – Dimitri si je te dis « Catherine », tu vois aussi la mer, tu vois aussi la plage ; c'est la même chose, la même couleur. La plage, le sable ou Catherine, tu vois, cette espèce de nature indéfinie. Catherine est vraiment sans limites, comme le ciel, voilà.

Nous sommes dans cet hôtel, qui s'appelle l'hôtel Martinez ; qui s'appelait la Villa Marie-Thérèse ; où Truffaut a écrit plusieurs de ses films ; où Truffaut avait une chambre verte ; où tout le monde a oublié Truffaut, mais où Godard tourne son dernier film. Cet hôtel, nous y sommes sans y être. Je dis ça à Catherine Deneuve – qui est là, dans sa chambre avec vue, pendant que moi je suis dans ma maison à Rolle, en Suisse.

Hier, nous avons commencé par les plans que j'appelle les plans de la brocante de Cannes. C'est-à-dire des limousines avec chauffeurs, des yachts, des robes du soir en plein jour, des plages, des gardes du corps à l'entrée des palaces, des queues de spectateurs, des milliardaires qui se promènent là, en vison, sur la Croisette ; des autos somptueuses avec des filles dedans très belles, beaucoup de prostituées bien sûr, mais c'est ça que je voulais tourner, toute cette espèce de mise en scène de Cannes. Comment voulez-vous que j'appelle ça ? C'est de la brocante. On dit toujours qu'il ne se passe rien à Cannes. Il ne peut rien s'y passer, c'est ça qui est merveilleux. Alors tout ça, c'est vide ; c'est vide complètement et c'est ça qu'on a tourné ! Ça me plaît beaucoup, c'est des choses qui me plaisent énormément. Et j'espère qu'à vous, Catherine, ça plaira beaucoup aussi.

Qu'est-ce que je pourrais tourner sérieusement ? Je me demande ce qui pourrait être sérieux pour moi, finalement, je ne sais pas. Catherine, c'est sérieux. Le visage de Catherine, c'est quelque chose. Après, la mer, tout ça là-bas, avec la plage, et puis la mer sans la plage… sauf qu'en ce moment il fait désespérément beau, je ne vois pas comment je peux m'en tirer. J'espère avoir une tempête, tout le monde l'annonçait, mais il n'y en a pas. C'est un temps d'une douceur incroyable, c'est ce que j'appelle la malchance !

Ça me rappelle ce film que j'avais tourné sur le Fatah, tout ce temps passé avec ces combattants palestiniens dans leur camp en Jordanie, ça devait s'appeler *Jusqu'à la victoire*, parce qu'avec le groupe Dziga Vertov on avait prévu de tout filmer jusqu'à la destruction d'Israël, et puis pas de bol, Septembre noir, ils se sont tous fait descendre par le roi Hussein, pas possible de sortir le film, les risques du métier… La malchance je vous dis ! C'est ça aussi le cinéma, on ne peut pas tout prévoir. Alors on s'adapte.

Vous avez bien compris, Catherine ? On va tourner en deux temps. D'abord aujourd'hui dans votre chambre, avec les frères Koulechov et de la vraie pellicule, on a une Bolex 16 mm comme à la grande époque. Dimitri fera l'image, Aliocha restera en régie, pour le son. Ce sera très beau, muet, mystérieux. Contre-jour, clair-obscur… Aujourd'hui on tourne l'attente, l'attente avant le braquage, parce que demain il sera trop tard, et vous serez seule dans votre chambre. Demain, dès que je vous donnerai le signal, on passera en caméra subjective et en couleurs, avec du son direct, c'est-à-dire que c'est vous qui filmerez le braquage avec votre téléphone portable, moi je vous guiderai avec l'oreillette, je serai votre GPS, et au montage on alternera avec les caméras de vidéosurveillance, comme dans *Hana-bi* de Takeshi Kitano. Au fond, un braquage ne devrait jamais être filmé autrement que par des caméras de surveillance, si on y pense, Rivette aurait été d'accord, c'est une question de morale. Il serait même allé plus loin : un braquage ne devrait jamais être filmé. Catherine, nous allons faire un film impossible, j'espère. Mais ce serait quand même mieux avec une tempête. Sinon ce n'est pas du cinéma.

Tu peux peut-être couper maintenant, Dimitri ?

« Je n'aime pas trop l'oreillette. J'ai l'impression de téléphoner, pas de faire un film. Et la simple idée de l'absence de caméra, ça me perturbe énormément, c'est très gênant.

– Ce sera plus naturel.

– Je croyais que je n'étais pas là pour ça, justement.

– Ce n'est pas pour vous, c'est pour les gens. Les autres, ceux avec qui vous allez jouer. Tous des amateurs. Ça les aidera. Pensez-y. Un film de Godard tourné entièrement avec des caméras de surveillance et des téléphones portables, qui n'en sont que l'extension individualisée. L'abolition de Godard dans Koulechov, le cinéma englouti par la société de surveillance et de consommation. *Surveiller et punir*, Foucault, tout ça.

– On ne va pas se rencontrer, même une fois ? C'est très inconfortable.

– Vous voulez du confort ou du cinéma ? Je croyais que vous étiez du côté des créateurs, pas des flics. On s'est déjà rencontrés. Vous avez raison, ce n'était pas fameux. Moi je fais du cinéma, pas des relations publiques. On peut en rester là, si vous préférez.

– Non je voulais dire…

– Puisque vous voulez tout savoir, je suis dans le plâtre, une entorse. L'âge. Et puis il faut garder la surprise, si on nous voyait ensemble... Vous savez comment c'est, de nos jours, Cannes, Catherine.

– C'est vrai. Avec cette surveillance incessante, mes amis savent avant que je leur en parle où j'étais la veille au soir et avec qui. Moi qui ai toujours été très secrète.

– Vous, filmée par votre téléphone, Catherine Deneuve filmée par Catherine Dorléac, avec Godard dans l'oreillette, comme un vulgaire producteur d'émission télé ; c'est un dispositif remarquable. J'en suis très content.

– Peut-être, mais je veux un vrai chef op'.

– Le chef op', ce sera vous. Un braquage hyperréaliste filmé par la star elle-même, dirigée depuis Rolle. Un film moderne, à distance, pas un téléfilm, un film-télé, de la Suisse à Cannes, la plus longue focale du monde, presque télépathique. Une expérience minimaliste, révolutionnaire. Juste vous et le groupe Koulechov, le cinéma réduit à son essence, à l'os, à son luxe aussi ; *Libé* va adorer, je vois d'ici la une : "Deneuve et la Rolle's Royce". *Les Cahiers* vont nous donner au moins quatre pages. *Télérama* trois. *Le Monde* deux. *Positif* rien, ce sera très bien. Bon, on y va. »

Regardez par la fenêtre, comme s'il y avait quelque chose à voir, alors que non. Cannes. Déplacez-vous le long des vitres en espérant, je ne sais pas, la Normandie... Mais non : Cannes. Parce que Cannes, vraiment, c'est tout le contraire du cinéma, donc on va filmer contre.

Là-bas, à gauche pour commencer, contre la fenêtre. Vous regardez partout, inquiète. Arrêtez-vous. Vous voyez, si vous ratez votre arrêt comme ça, vous continuez, vous vous en fichez, vous passez outre. Il n'y aura qu'une prise. Les braquages, ce sont des choses qui se préparent beaucoup mais il n'y aura pas de seconde chance. Ce sera tout ou rien, Catherine.

Allez-y encore. Adossez-vous au mur du fond. Ou bien, si vous préférez vous asseoir... Mais je pense que vous seriez mieux debout. Vous savez que vous êtes sur le point de commettre l'irréparable. Vous sortez une cigarette, parce que vous fumez beaucoup quand même.

Vous voyez, pour moi les choses sont comme ça, Catherine, regardez. Vous allez vers la vitre, là ; le plan de coupe, c'est la vitre. Catherine, trésor... Vous êtes très belle.

Vous fumez votre cigarette en regardant par la fenêtre. Vous attendez un miracle qui ne viendra pas. Ou qui viendra, c'est égal. C'est un moment qui vous appartient. Je ne dis plus rien.

Vous tournez un peu sur vous-même. Vous vous immobilisez, vous écoutez. Il n'y a personne. À part votre cœur qui bat. Un peu trop vite, peut-être.

Regarde ce qu'elle peut faire, Dimitri. Elle est là, elle regarde la mer. Voilà, on a le plan de coupe. Bon, alors écoute, en fin de plan, elle te regarde, dans la glace. Puis tu la reprends en train de s'en aller encore une fois ; mais après, tu auras un plan fixe, complètement désolé ; c'est-à-dire qu'elle sera complètement désolée. Je ne sais pas où tu vas la prendre. Vous avez un repère, Catherine. Là, vous restez un peu. C'est très beau, ce qui est dans l'image ! Truffaut avait raison quand il disait qu'un film avec vous n'avait pas besoin d'histoire, qu'un documentaire sur vous, sans aucun scénario, devait suffire au bonheur des spectateurs. J'ai toujours pensé qu'il aurait dû se limiter à ça, parler de cinéma, son livre avec Hitchcock, c'était bien.

Retournez-vous. Allez vers la glace, très doucement. Ne regardez pas la caméra, surtout, faites comme si Dimitri n'était pas là. Restez là. Vous entendez la musique, on vous a mis la musique que vous aimiez, vous êtes émue, j'espère ? Pas trop, ne pleurez pas, ça ne sert à rien de pleurer. Bientôt votre vie sera fichue peut-être, vous allez, plus lentement, plus rien n'a aucune importance. Il y a juste vous et la musique.

Maintenant vous prenez l'arme dans votre sac. Vous la soupesez. Hein, ça vous plaît, je le sais, que ça vous plaît ! Ce moment où vous entrerez dans la bijouterie, enfin dans la suite, et où vous sortirez votre arme, il ne faut pas que vous le ratiez... Tout le film repose là-dessus.

Vous vous découvrez dans la glace, comme dans *Taxi Driver*. Voilà, j'aime bien le geste. J'aime bien ça, vous voyez, Catherine, vous avez aussi cette violence en vous.

Regardez vers la caméra, un peu. Vous restez là, vous ne bougez plus. Ça va être très long, peut-être, mais vous prenez patience. Il faut attendre le signal. C'est un braquage, tout est minuté. Secondé, même. Vous avez peur, bien sûr, et en même temps vous êtes très calme. Vous regardez vers la mer de temps en temps. Oui, encore. Fermez les yeux, comme tout à l'heure. Vous pouvez sourire. On fait un plan de coupe ? Sur les palmiers, les cheveux blonds, on peut le faire, Dimitri, c'est beau, non ?

Vous prenez votre temps complètement contre la vitre, là ; parce que la silhouette noire doit être superbe. Ah c'est superbe, ça ! Oui. Ne bougez plus maintenant.

Vous fermez les yeux en regardant la mer, mais vous allez les rouvrir aussi ; comme un sommeil. Sublime, le plan ! Bon, on a tourné le plus beau plan du film ! Après, il reste trente secondes pour finir la pellicule, vous pouvez fermer les yeux, si vous voulez. Ne bougez plus, Catherine.

On va recharger. Mais il faut qu'elle change de place, la caméra. Il faut qu'elle soit face au jour qui tombe. C'est peut-être encore trop tôt ; le jour tombe dans une heure, on va attendre. Je voudrais la disparition progressive de la lumière dans la chambre. C'est-à-dire que c'est du temps qui passe. C'est une image qui ne compte pas – je m'excuse, mais elle ne compte pas ! Comme ça, elle passe. Est-ce que tu as la description du dernier plan, Dimitri ? – le plan que j'avais prévu pour la fin du film ? On va le tourner maintenant. C'est la chambre qui s'éteint peu à peu, sans lumière aucune.

COMME UN TRAIN DANS LA NUIT

La Croisette. 23 h 30.

« On sort ? Allez, viens, on sort.

– Non, il faut être frais demain. Tu sais ce qui nous attend.

– Ça ne sert à rien d'aller se coucher, on n'arrivera pas à dormir.

– Salut les frères ! Content de vous voir. Vous allez à la soirée Spielberg ?

– Salut Guy-Do. Non, on est comme toi, on n'a pas d'invits.

– Pas besoin. Je vous présente "Hugo Passe-partout". Vous connaissez pas Hugo ?

– Salut les frères. Guy-Do m'a beaucoup parlé de vous.

– Moi c'est Dimitri. Oui, il me semble t'avoir déjà vu quelque part.

– C'est possible, sur TF1 peut-être, dans *Sept à huit*, ils faisaient un reportage sur les nuits cannoises, je me suis fait passer pour le garde du corps de Kevin Bacon à l'entrée de la soirée Europa, on est rentrés comme dans du beurre. C'est un bon acteur.

– Toi, son garde du corps ? Tu lui arrives même pas au menton.

– Tout se joue en une seconde. Tu mets une main dans son dos, genre protection rapprochée, l'autre main comme si tu avais une oreillette, et ça passe. Après on s'est fait virer à cause de la caméra, sinon c'était nickel. Spielberg, si c'est bien sur la plage à laquelle je pense, on devrait pouvoir rentrer par la plage d'à côté.

– Ça m'étonnerait, il paraît qu'ils mettent des mecs avec des chiens pour empêcher de passer par la plage.

– Oui mais nous on va passer par les toilettes. C'est les mêmes pour les deux plages. Tu arrives d'un côté, tu ressors de l'autre...

– Malin. Comment tu sais tout ça ?

– ... Ah non, là j'ai le carton, c'est dans une villa. Regardez, hier soir j'étais avec Almodóvar, là c'est George, là avec Julia.

– Ils se laissent tous prendre en photo ?

– Ils sont là pour ça. Je dis que c'est pour mon blog. D'ailleurs c'est pour mon blog.

– Comment ça s'appelle ? *Un héros très discret* ?

– Tiens, là c'est l'année dernière avec Jacques Audiard justement, pour la soirée de la Palme d'or. Là, Gérard. Ce soir j'aimerais avoir Spielberg, j'ai promis.

– C'est marrant, nous aussi on aimerait l'avoir. Demain, pour un tournage. Avec Catherine Deneuve.

– Vous tournez quoi ?

– Un petit truc...

– Ils font les modestes, mais ils travaillent avec Besson.

– Avec Luc ? Steven et lui, ils sont potes. Un coup de fil et c'est réglé.

– C'est-à-dire c'est juste pour un petit film de fin d'études, on va pas...

– Je comprends. On va se débrouiller autrement. Vous tournez où ?

– Au Martinez.

– Ah, chez Marie-Thérèse ! À quelle heure ?

– On pensait tôt le matin. Y a moins de monde. Il nous le faudrait juste vingt secondes, dans un ascenseur avec Deneuve.

– Qui monte ou qui descend ?

– Qui monte. Pourquoi ?

– Ben... Il donne des interviews demain matin au Martinez, sur la terrasse. J'ai essayé d'avoir un rendez-vous, mais je me suis fait jeter par son attachée de presse. Spielberg, c'est pour la presse blanche. Ou rose avec pastille, minimum. Moi j'ai un badge rose, c'est pas mal pour un bloggeur, mais là ça suffit pas. Vous êtes quoi, roses ?

– Non, on est bleus.

– OK... C'est pas gagné, mais les Américains, en général, ils sont à l'heure. Le *press junket* commence à neuf heures. Si vous le guettez dans le hall, vous pouvez vous synchroniser avec le moment où il prend l'ascenseur. Vous avez beaucoup de matos ?

– Non, on est très légers.

– J'ai déjà fait une interview de Tarantino comme ça. Dans l'ascenseur du Carlton. Si vous voulez, je vous donne le top avec un texto, je monte avec lui dans l'ascenseur, et j'appuie sur le bouton de votre étage.

– Le troisième.

– Voilà. Au troisième, vous faites monter Deneuve. Et c'est dans la boîte ! Elle monte jusqu'où ?

– Au septième.

– Comme lui. Alors, ça vous dit ?

– C'est gentil, mais on va faire sans.
– Sans Spielberg ou sans moi ? »

On arrive devant l'entrée de la soirée Spielberg. Hugo tend son carton à l'un des videurs :

« Bonsoir, ça va ? Ils sont comment ce soir ? Tiens, regarde, on m'a filé ce carton, mais je suis sûr que c'est un faux, on dirait que ça a été fait à la photocopieuse couleur, non ? »

Le videur jette un coup d'œil au carton et confirme. Guy-Dominique entre dans le jeu avec Hugo :

« Tu dois être vert. C'est qui l'enfoiré qui t'a...
– Laisse tomber. Faut être philosophe. De toute façon, ça sert à rien de râler. Tu comprends, les mecs qui font l'entrée, que tu rentres ou pas, eux ils s'en foutent, ils restent dehors. [Il prend à témoin le videur.] J'ai pas raison ? »

Le videur ne répond pas, mais laisse échapper un petit sourire.

Hugo continue :

« Tout le monde se bat pour entrer, mais dedans, y a quoi ? La même chose que dans toutes les soirées : des gens qui sont contents d'être entrés, mais qui se demandent ce qu'ils font là, avant de repartir. »

À ce moment, un couple en smoking et robe longue quitte la soirée. Hugo les apostrophe :

« Je voulais juste vérifier que Steven était parti, parce qu'on a rendez-vous demain matin, et je préfère qu'il soit en forme... »

Le couple ne parle pas français et disparaît. Le videur fait signe à Hugo d'entrer. Hugo se retourne pour essayer de nous faire passer, mais le videur refuse. Hugo :

« Bon, à quatre mecs c'est pas possible, normal, Guy-Do, je compte sur toi, tu t'occupes d'eux… Si on se revoit pas chez Albane ou aux Marches tout à l'heure, rendez-vous comme prévu demain matin avec Steven. À plus.

– Guy-Dominique, tu veux pas aller avec lui ?

– Non, là c'est grillé. Il faut jamais essayer deux fois si tu n'as pas de carton. C'est quitte ou double. Venez, on va boire un verre sur le bateau Arte, il est trop tôt pour Albane.

– C'est qui, Albane ?

– À partir de maintenant, suivez-moi comme mon ombre et laissez-moi faire. Si on vous parle, souriez, mais surtout, ne dites rien. Imperceptibles. Passagers clandestins. OK ? »

Bateau Arte. 0 h 30.

« Vous vous souvenez, Jean, à l'époque, le Palais n'était pas là, il était au milieu de la Croisette, là où maintenant il y a le Marriott et la Quinzaine des réalisateurs. L'ambiance était très différente. Sur les marches de l'ancien Palais, on croisait les vedettes, après on buvait des coups en terrasse, avec Visconti, Fellini, Bergman, tout le monde était là. Moi j'avais une salle Art et Essai à Pigalle. Il n'y avait pas la télé comme maintenant, pas de cassettes ni de DVD, les gens étaient obligés de sortir de chez eux s'ils voulaient voir un film. Truffaut et la bande des *Cahiers*, quand un film les intéressait, ils venaient tous les jours à toutes les séances pendant une semaine, ils se mettaient au premier rang ou carrément par terre. J'avais aussi un cinéma porno juste en face. Ah ben il n'y avait pas de subventions à l'époque, l'Art et Essai on le finançait comme on pouvait ! Je suis tellement heureuse que vous soyez devenu le président de Cannes, c'est tellement inespéré…

– Je ne suis pas Jean, je suis Pierre !

– Ah pardon, transmettez-lui mes amitiés. Dites-lui à quel point je suis heureuse pour lui. Et surtout pour nous.

– Je lui dirai…

– Salut Pierre. Qu'est-ce qu'elle te voulait, cette charmante vieille dame ?

– Salut Guy-Dominique. Elle me prend pour Jean Lescure.

– Qui ?

– Un type formidable, qui a longtemps dirigé l'AFCAE, l'association des salles d'Art et Essai. Ancien résistant. Poète aussi, un des fondateurs de l'Oulipo, avec Raymond Queneau. On a même été voisins, je recevais souvent son courrier et lui le mien, le facteur se trompait tout le temps.

– Apparemment ça continue. Tu vas lui dire qu'on t'a pris pour lui ?

– Il est mort il y a plus de dix ans. Attends y a Sylvie Pialat, il faut que je lui dise bonjour… Salut Sylvie, ça va ? Dis donc, il paraît que tu as dit qu'il fallait arrêter d'obliger les télés à produire des films ?

– Bien sûr. On est des enfants du viol. Pour un métier de désir et de passion, c'est quand même dommage.

– Peut-être mais tu les connais ; les télés, si c'est pas toi qui les violes, faut pas t'attendre à recevoir des bisous. J'ai vu que tu te lançais dans l'e-cinéma. C'est bien, tu y viens.

– Toi t'y es déjà avec ton cocktail Molotov TV… Pourquoi ce nom ? Ça fait très ancien soixante-huitard. Tu balances ça contre qui ?

– Personne.

– *Variety* a quand même écrit : “*Molotov TV is the new Canal.*”

– Ils veulent dire dans l'esprit. Agressif, créatif, jeune. L'alliance du patrimoine et du *cloud*.

– C'est juste du piratage institutionnalisé, ton truc.

– Pas du tout. On dit "offre mobile premium pour les *millenials*".

– Y a pas si longtemps on disait les jeunes. Ou les petits cons.

– Et en 40 les zazous, mais aujourd'hui c'est eux, la loi du marché. On est comme les youtubeurs, le cœur de notre cible c'est les 9-14 ans.

– Tous ces grands patrons qui se plient en quatre pour obéir aux attentes de consommateurs pré-ados, ça me déprime.

– Moi aussi, mais bon, comme disait Michael : *It's only business, Paul.*

– Michael ?

– Jackson. Quand il a racheté les droits des *Beatles*. Il faisait bien la gueule, McCartney.

– Je comprends l'idée, remarque : la pub à la télé, pour le marketing cinéma, ç'a toujours été le Graal. La pub pour les films est interdite à la télé, autorisée sur le web, et si le web est la nouvelle télé, le tour est joué. Le temps que le CSA, le CNC, que tous les dinosaures en C aient bougé l'os d'une oreille, vous aurez eu le temps de faire sauter dix fois la banque, toi et tes complices. Le *cloud* est un coffre à ciel ouvert. Les nuages ne sont pas bien gardés. C'est le casse du siècle, et tout le monde trouve ça formidable. À part *Le Canard enchaîné,* mais qui sommes-nous pour dire non à l'avenir ?

– C'est pas un os, l'oreille.

– Hein ?

– C'est du cartilage. Je te laisse, je dois y aller.

– Tu vas à la non-soirée Canal ?

– Tu sais bien qu'il n'y a pas de soirée Canal cette année.

– Je sais. D'où la non-soirée, off, sauvage, à l'ancienne. Ça risque d'être sympa.

– J'ai pas reçu de carton.

– Pas besoin, justement, c'est l'idée : pas de dress code, pas de videurs à l'entrée, pas de liste d'invités…

– Je vois d'ici le bordel. Il manque plus que la CGT et les CRS. C'est où, place de la République ?

– Non, sur la plage publique. On te pose juste une énigme à l'entrée : "Les pauvres en ont. Les riches en ont besoin. C'est mieux que Dieu et pire que le Diable. Si tu en manges, tu meurs. Que suis-je ?"

– OK, il faut quand même un décodeur. J'en sais rien.

– Voilà, c'est ça : rien. On va voir ? Si y a plus Canal, tu retrouveras peut-être l'esprit.

– Faut arrêter avec ça. En préparant avec Thierry la soirée d'ouverture, on a retrouvé une interview de Fellini où il disait : "L'industrie du cinéma est macabre. Absurde. C'est la combinaison d'un match de football et d'un bordel." C'était pour le *New York Times,* en 1964. Le foot et le porno… Tu vois, c'est pas nous qui avons inventé Canal, c'est Fellini ! »

Terrasse du Marriott. Chez Albane. 2 h 30.

« On dit que Peter Bogdanovich, après la mort atroce de sa jeune fiancée, Dorothy Stratten, playmate de l'année en 1979, assassinée à vingt ans, errait dans les soirées hollywoodiennes, en se présentant ainsi : "Vous vous souvenez de moi ? Il fut un temps où j'étais Peter Bodganovich." C'était une star, Peter, et son nom ne vous dit plus rien ; il s'est littéralement vu mourir de son vivant, comme tous ceux qui survivent à leur gloire. Comme Peter Bogdanovich, un jour, vous finirez par errer dans les soirées en vous présentant : "Vous vous souvenez de moi ? Il fut un temps où j'étais..." Et vous ne finirez pas votre phrase, parce que même vous, vous aurez oublié.

– Tu exagères. Peter Bogdanovich a sorti un film il n'y a pas si longtemps, qui a très bien marché.

– Tu l'as vu ?

– Non.

– Voilà.

– Bon les gars, vous le voulez, Spielberg, ou vous le voulez pas ?

– Non, Spielberg ça fait chier, c'est comme Woody Allen, en interview ils donnent rien, ils gardent tout pour leurs films.

– Vaut mieux ça que le contraire.

– Oui mais non merci. On va l'avoir une minute entre deux attachées de presse qui regardent leur montre. C'est comme aller aux putes avec un horodateur, moi je peux pas. Je suis de la vieille école. J'aime prendre mon temps.

– C'est toi qui dis ça ? On croit rêver. Monsieur "Deux-minutes-interview-comprise".

– Les temps changent, je me suis posé.

– Dis donc, je vous ai vus hier soir au VIP Room, vous vous emmerdiez pas, vous les prenez de plus en plus jeunes.

– Non, c'est juste qu'on est de plus en plus vieux… La mienne, je sais même pas si elle était majeure.

– Je te comprends. Tu vas pas demander ses papiers à un bonbon.

– Ben non, on n'est pas flics quand même.

– Heureusement, tu me diras. Elle arrive quand Bobonne ?

– Demain midi.

– Alors c'est ta dernière nuit ? Demain retour au régime sec, une pomme, un Alka-Seltzer, et au lit à huit heures…

– M'en parle pas. On a le droit de s'amuser, c'est qu'une fois par an.

– Cannes, on dira ce qu'on voudra, c'est plus ce que c'était.

– Ça fait dix ans que tu dis ça, et tu reviens chaque année.

– C'est juste pour vérifier. Tiens, un exemple au hasard, y a moins de putes cette année.

– Pas de soirée Canal, ça donne le ton. On a toujours été *trendsetters*.

– Train de quelle heure ? Je croyais qu'elle arrivait à midi, ta femme.

– T'es pas d'accord qu'on se marrait plus ? Une fois, je venais de rentrer à l'hôtel, il devait être cinq heures du mat', et y a Eva qui m'appelle : "Je t'en supplie, viens me baiser…" Moi : "Non, Eva, je suis crevé." "OK, elle me dit, alors envoie-moi des filles."

– Ah ouais quand même. Alors c'est vrai ce qu'on dit sur les années Canal… Les filles, le fric, la coke…

– Tout est vrai, mais avec toute cette coke, personne s'en rappelle plus. En tout cas, cette fois la fête est bien finie. Regarde Bolloré, c'est le genre de mec, à dix heures max il est au lit, et à quatre heures il est debout, d'attaque, douché, peigné, la presse quotidienne internationale sur la table, un café, une sucrette, deux biscottes sans sel, et c'est parti ! Le monde appartient, tu sais ce qu'on dit, à ceux qui se lèvent tôt. Ils n'ont aucun mérite, c'est juste qu'ils ne savent pas se coucher tard.

– Tu sais ce qu'il dit, Bolloré, quand il arrive quai du Point-du-Jour, à la DRH ? "J'aime l'odeur de Canal au petit matin."

– J'adore cette réplique. *Apocalypse Now !* "Vous sentez cette odeur ? C'est l'odeur de la victoire."

– Bienvenue chez Napalm Plus !

– Tu dis ça parce qu'il t'a viré.

– Pas du tout. À sa place j'aurais fait la même chose. D'ailleurs je l'ai fait. Toi aussi je t'ai viré, souviens-toi. Y a rien de personnel. C'est le business. Au moins à l'époque… Tiens salut, Pierre, toi aussi t'es là ? Encore en pingouin ?

– Ça m'emmerde un peu mais j'ai pas le choix. Vous n'avez pas vu Catherine ? Je lui cours après depuis hier, il faut absolument que je lui parle.

– Non, pas vu. Sinon ça va, le Festival, t'es content ?

– Tu as entendu ce qu'a dit Bolloré ? Cette année, ce n'est peut-être pas la fête de Canal, mais ça reste la fête du cinéma.

– Faut pas dire ça, il nous a quand même bien fait notre fête, cette année, à Canal.

– T'as entendu des choses ?

– Pas besoin d'entendre, y a qu'à regarder. T'inquiète pas, au cinéma aussi, il va faire sa fête. D'ailleurs, il a déjà commencé. Plus de Grand Journal, plus de patio, plus de soirée, un envoyé spécial et demi pour faire des duplex comme dans *Good-Bye Lenin !*, et dix minutes de quotidienne en crypté à l'heure des citrouilles. Le cinéma, pour Bolloré, c'est fini. À Cannes, il a fait comme César : il est venu, il a vu, il a revendu. *Veni, vidi, Vivendi.*

– Il est en train de racheter les Italiens aussi, Berlusconi, Mediaset. Je comprends, remarque, il veut concurrencer les Américains, Netflix, faire un gros truc européen, investir dans des séries mondiales en anglais, pas perdre son fric dans des films français à la con. Le mec, il vire local, mais il pense global. Le cinéma en salles, terminé. Il va tout miser sur l'offre mobile.

– Regarde, en Afrique, il a pas tort : y a pas de salles. Alors que les portables, tout le monde en a, même dans les pays en guerre, même les réfugiés, les SDF. C'est ça l'avenir, tourner avec des portables des miniséries pour les portables. Comme je dis toujours : *Mobile first, mobile only.*

– Le prochain James Bond : *For your mobiles only.*

– Tu sais ce que disait Bergman : quand on tourne pour la télé, il faut faire surtout des gros plans, à cause du petit écran. Le cinéma des prochaines années, ça va être *Le Projet Blair Witch* généralisé.

– Dis pas généralisé, ça me rappelle des mauvais souvenirs.

– Tu vois *Star Wars*, rien qu'en produits dérivés ça a rapporté trois milliards en vingt ans. Nous en France qu'est-ce qu'on a, à part le fromage ?

– On pourrait faire du beurre *Dernier Tango à Paris.*

– Trop confidentiel. C'est pas international, le beurre, et puis c'est périssable.

– Je veux dire dans les sex shops.

– Tu veux vendre du beurre dans les sex shops ?

– Non mais du beurre bio, un truc qui fait pas grossir… Me regarde pas comme ça, c'est bon, j'ai rien dit.

– Parle moins fort, y a un émir derrière nous.

– J'ai vu. Avec Cassel et Mocky. Il trouve toujours des financements pas croyables, Jean-Pierre. Le Qatar a déjà racheté le Martinez. Ça leur a pas suffi, ils veulent aussi Mocky…

– Je disais en France on n'a pas Chewbacca, mais on a Depardieu. Depardieu c'est comme un GI Joe ou un Playmobil, il a plein d'accessoires : le scooter, la moto, les bouteilles d'alcool, la poissonnerie, la bouffe, et puis Poutine, Castro, toute une panoplie. On fabrique les figurines en Chine, ça coûte rien, sans parler du petit charme politiquement pas correct, il touche ses royalties et banco !

– Et le cinéma ?

– Quoi, le cinéma ?

– Ben on pourrait pas faire un petit film Depardieu au passage ?

– Si tu veux vraiment perdre le pognon que tu viens de gagner, libre à toi, Guy-Do. Mais avec Internet, les portables et tout le bordel, de toute façon tout finit en vidéo. Tu sais à quoi on reconnaîtra les grands cinéastes de demain ? Ils seront les seuls à ne pas filmer. Ce sera le geste artistique ultime.

– Si je comprends bien, tu veux vendre des produits dérivés, mais qui ne dérivent d'aucun film ?

– Voilà.

– Juste Depardieu.

– Un gros truc européen.

– L'essence du cinéma français, sans l'inconvénient des films.

– On pourrait tourner au moins une série quand même. À la James Bond.

– Mais non, Guy-Do. James Bond, on sait pas faire.

– Non je veux dire entièrement financée par le droit d'asile, avec les montres, les bagnoles, les fringues…

– Pourquoi tu dis pas le placement de produits ?

– Guy-Do a raison. Moi aussi j'aime l'élégance. Je veux que les enfants puissent regarder. D'ailleurs on prévoirait des petites choses pour eux. Essentiellement des bonbons, Gérard pourrait les manger par poignées, de toute façon tout le monde refusera de l'assurer, avec ses analyses… D'habitude, la hantise des producteurs, c'est de l'amener sobre sur le plateau. Nous, on prend le contre-pied. On le met à l'hôtel, on installe tous les produits des sponsors dans sa suite, des tentations partout, et il a droit à tout. Ce sera pas un plateau, mais un plateau-repas. On planque les caméras, pour pas perdre le naturel, comme dans les docus animaliers quand on guette les grands fauves au point d'eau. Enfin, d'alcool. Le salon, c'est le salon du vin. Un maxibar. À chaque fois qu'il avale quelque chose, nous on touche. Kervern et Delépine ont financé *Saint Amour* comme ça, avec Depardieu et Poelvoorde qui font la route des vins.

– Et Deneuve, c'est une mauvaise idée ?

– Deneuve, ce serait encore mieux, on peut taper dans le luxe. On laisse en blanc le nom des marques, et on fait ça aux enchères. Comme les droits du foot. Mais il faut faire joli, un texte un peu "littéraire". Un truc classe, qui donne envie aux acheteurs. Sinon c'est pas la peine de se payer Deneuve.

– Faut que j'en parle à Catherine. Je suis sûr qu'elle aura envie de tourner dans une série un peu moderne.

– Au fait c'est où, la *Bollo Night,* la non-soirée, là ?

– La fête, c'est partout où on est. »

Plage. Non-soirée Canal. 3 h 30.

« Dis donc là-bas, la fille qui nous fait signe, c'est pas Khatia ? Avec Madeleine, on dirait. Qu'est-ce qu'elle fait dehors à cette heure ? Je vois pas Diego... Salut Khatia !

– Guy-Do, tu étais passé où ?

– On était chez Albane.

– Chez qui ?

– Tu es toute seule avec Madeleine ? Le Roi Soleil vous a laissées sortir ?

– Tu sais, Diego, il est très libre dans sa tête...

– Ça a l'air sympa ici, on vient de croiser Jean-Pierre Léaud, avec Iggy Pop et Jarmusch... La musique est bonne ?

– Quand tu penses que Prince est mort et que...

– Qu'est-ce que tu dis ?

– ... Et que tous ces connards... Fais pas gaffe, j'ai trop bu. *Purple Rain*. J'adore cette chanson, vous venez danser ?

– Non, on cherche quelqu'un.

– On cherche mon frère, je l'ai perdu. Chez Albane.

– Et vous faites quoi ici, avec ton frère ?

– On tourne un film.

– À Cannes ?

– Tu trouves ça drôle ?

– Regarde tous ces yachts, ces berlines au bord de la mer, la métaphore est claire : y a pas une goutte de cinéma, on nage dans le fric.

– Et donc ?

– Tu as déjà entendu quelqu'un se noyer ? Moi non plus. C'est le problème quand tu te noies : tu ne peux pas crier, tu as la bouche pleine.

– En même temps, tu sais ce que disaient les stoïciens : "N'aie pas peur de la mer immense : il suffit de deux verres pour te noyer."

– Les stoïciens… Ils m'offrent à boire ?

– Si tu veux. Mais je crois que tout est gratuit ici.

– Tu vas quand même nous chercher deux verres ?

– J'y vais. »

Quand je reviens, elle attaque direct :

« Comment ça s'appelle, votre film ?

– *Une fille et un flingue*.

– C'est pas mal, mais c'est pas non plus…

– Tu sais même pas de quoi ça parle.

– Pour vous les mecs à la fin tout se résume à : "une fille et un flingue". La menace de mort, ça marche toujours, mais pour qu'il y ait vraiment cinéma, il faut surtout qu'il y ait menace de vie…

– C'est pas juste "une fille et un flingue". Le flingue, c'est juste une référence.

– Godard a dit ça pour dire, elle n'est même pas de lui, la phrase. Et quand Griffith disait ça, c'était pour dénoncer le goût des spectateurs. Une fille et un flingue, ça veut dire aucune imagination, tout le monde veut la même chose, ce qu'il y a dans les vitrines. Freud te dirait c'est le désir sans obstacles, le Ça sans le Surmoi.

– Dis donc, toi…

– … *Smash and grab :* tu casses, tu prends, et tu te casses. Les flingues, c'est pour les fainéants et les violeurs. Ok, c'est une promesse d'action, mais c'est surtout la garantie que ça va mal finir. L'ascenseur monte direct au dernier étage, puis te lâche d'en haut, sans prévenir. Ascension éclair, chute mortelle. Le raccourci est un précipice : c'est la morale du flingue.

– Dis donc, toi quand tu bois, c'est la Pythie de Delphes…

– Oui, la Pythie vient en buvant. Tu comprends ? Le film est là pour flinguer tes désirs.

– Ben non, c'est l'inverse !

– T'as toujours pas compris ? Le cinéma est une industrie de compensation psychique, une soupape pour empêcher les braves gens de basculer dans le crime. Quand la lumière se rallume, les vitrines et les filles, tu baves toujours devant, mais tu ne rêves plus de les briser, ni de les violer.

– Je croyais que tu rêvais d'être actrice…

– Tu entends ? J'adore cette chanson, *I'm Afraid of Americans…* Quand tu penses que David Bowie est mort et que tous ces connards…

– Attends, finis… Le flingue, tu penses que c'est une mauvaise idée ?

– Un flingue aura toujours l'air d'un intrus dans un film français. À Los Angeles, on sait que tout est possible. Les serveuses te font bien sentir qu'un jour leur tour viendra. Alors qu'en France, avec votre système de castes, parfois un pauvre finit prix Nobel, OK, Albert Camus… mais ça reste de la littérature, des cacahuètes, du vent. Il n'y a pas d'ascenseur social, que des escaliers, et des Sisyphes qui se retrouvent en bas chaque matin.

– Tu parles de la montée des marches ?

– Les marches, à Cannes, ce n'est pas qu'un escalier. C'est un message.

– Ah tu fais les oracles aussi ? Quel message ?

– Un avertissement. Le mois dernier, j'étais à Los Angeles, avec Diego et Madeleine. Eleanor, la femme de Coppola, nous racontait qu'un jour, dans un avion, Spielberg, Coppola et Lucas, alors qu'ils venaient tous de devenir milliardaires, ne parlaient que de leurs dépressions *post*-succès planétaire... Spielberg avait même dû se réfugier en Inde pour échapper aux tee-shirts des *Dents de la mer*. Personne ne les avait prévenus. Rien n'est plus dangereux que de réaliser son rêve. On peut en mourir.

– Moi, ça ne m'a jamais fait peur...

– C'est ce que tu crois. Et il y a beaucoup plus difficile que la mort : une fille, c'est pire qu'un flingue. L'amour ne supporte pas la menace, la violence, les raccourcis. L'amour, c'est la patience... Alors non, pas "Une fille *et* un flingue", c'est l'un ou l'autre : une fille *ou* un flingue. Si tu veux la fille, laisse tomber le flingue. »

Elle s'approche de moi – dangereusement, du coup. Une brise de vodka cranberry vient caresser mes lèvres. Elle pose une main derrière mon cou pour me parler à l'oreille, effleure ma cuisse de l'autre :

« Moi, je peux faire la fille, évidemment. Mais ça m'intéresse pas. Je préfère être le flingue. »

Sur ce, elle me plante pour aller chercher à boire, ou danser, un peu des deux, elle verra. J'ai l'impression d'être Trintignant dans *Et Dieu... créa la femme,* ou dans *Le Fanfaron...* ou dans tous ses autres films. Le ciel étoilé me nargue. Au lieu de la suivre, j'obéis à la loi morale en moi et rejoins Madeleine, enfoncée dans une chaise longue, perdue dans la contemplation de la mer. J'essaye d'être poli :

« Alors, Madeleine, ce film ?

– Un film c'est comme un requin ; s'il s'arrête de nager, il meurt.

– Pourquoi vous dites ça, Madeleine ?

– Parce qu'il meurt, c'est tout.

– Vous préférez rester seule ?

– Non, je suis avec mon amie Marcelle. Elle est allée me chercher à boire, elle revient, elle est là...

– Madeleine, je voulais te prendre de l'eau, mais j'ai croisé Khatia qui me dit qu'il n'y a plus que du champagne. Elle t'a rapporté une coupe.

– Tu es gentille, Khatia. J'ai tellement soif. »

Khatia me fait un clin-d'œil. Madeleine est déjà ivre morte. Elle trempe ses lèvres dans la coupe puis l'avale cul sec. Soudain elle hoquette, s'effondre en larmes dans les bras de sa vieille amie Marcelle, doit se moucher longuement. Son maquillage a coulé.

« Mais qu'est-ce qu'il y a, Mado ? Qu'est-ce qu'il y a ? Viens on va rentrer, de toute façon, c'est fini.

– Je sais. »

Brisée par l'émotion, elle parvient encore à dire :

« La girafe.

– Quoi, la girafe ? »

Elle pleure de plus belle, inconsolable. Sa voix se brise :

« La girafe, elle est morte. »

Marcelle l'aide à se relever et la ramène au chaud, à l'hôtel. Je me tourne vers Khatia :

« De quoi elle parle ? »

Khatia sourit étrangement :

« Une des girafes de Diego n'a pas supporté le voyage en avion entre le zoo de Philadelphie et le Costa Rica... Elle est morte en vol.

– C'est bizarre comme phrase. Pour une girafe, je veux dire.

– Oui. Quand tu penses...

– Quand tu penses qu'elle est morte et que tous ces connards... »

Khatia se met à rire. Un très beau rire, mais je ne lui dis pas, ça gâcherait tout. Quand elle a fini, elle me regarde, finit sa coupe avant de la poser dans le sable, enlève ses chaussures à talons hauts et goûte l'eau du bout des pieds :

« Tu viens, on se baigne ? Dans le dernier Terrence Malick, ils passent leur temps à se jeter tout habillés dans la mer, comme si c'était le comble de la liberté. Alors que c'est juste des puritains de merde.

– Habillés dans l'eau, ça peut être beau aussi, dans la fontaine de Trevi.

– Ah oui, Anita Ekberg. "*Marcello ! Come here !*"... »

Elle danse en mimant la scène de *La Dolce Vita* avant d'enlever sa robe et de plonger dans l'eau noire.

Je vois sa chevelure blonde réapparaître entre les vagues. Elle me dit :

« Viens ! »

J'hésite. Tout moi. Elle répète :

« Viens !

– Je ne peux pas.

– Pourquoi, Aliocha, tu n'as pas envie ?

– Si, mais…

– Mais quoi ? »

Elle sort de l'eau, la chair de poule. Me prend la main. Elle a gardé sa culotte, mouillée c'est pire que nue. Quand c'est trop beau, je résiste :

« Et le message des escaliers, le danger de réaliser son rêve, la patience de l'amour, tout ça ?

– Tu as quelqu'un ?

– Non, mais toi…

– Viens, elle me dit. N'aie pas peur. Personne le saura. »

« Il me tournait le dos. Moi, dans le rêve, j'étais dans la mer, et je voulais faire demi-tour, parce que la mer grossissait et le ciel s'obscurcissait. Il me semblait m'être trop éloigné du bord. Tout à coup je voyais sortir des flots couleur de plomb, sombres et menaçants, le crâne chauve de Picasso avec sa couronne de cheveux blancs, les épaules très robustes, il nageait, nageait. Et je lui disais : "Je veux faire demi-tour." Et Picasso secouait la tête et disait : "Non, non." Et il m'incitait à nager. »

Federico Fellini, *Je suis un grand menteur*

SILENCE

Cette fois ça y est, Catherine, vous m'entendez ? On est passés sur votre portable, on va y aller. L'oreillette ne vous gêne pas ? Je vous parlerai doucement, je vous parlerai tout le temps, ne vous inquiétez pas. Tenez-vous à votre place. Il n'y aura pas d'autre prise. Attention... Vous êtes prête ?

Action !

C'est parti. Vous vous déplacez maintenant, allez, allez-y. Votre sac, vos lunettes... Vous ouvrez la porte, sortez de la chambre.

Dans le couloir... Vous vous dirigez vers l'ascenseur. Appuyez sur le bouton. Voilà, vous attendez, comme vous savez faire. Vous montez dans l'ascenseur et comme prévu, vous allez au dernier étage. Le barbu à lunettes qui croit vous reconnaître et qui vous dit bonjour, ne lui répondez pas. Je sais, c'est difficile, mais vous l'ignorez. Gardez vos lunettes de soleil, faites comme si vous n'aviez pas entendu. Faites comme si, Catherine, comme d'habitude, voilà parfait.

Septième étage. Vous êtes arrivée. Baissez la tête, sortez de l'ascenseur en dernier. Dirigez-vous vers la suite. Vous connaissez le chemin. Faites semblant de téléphoner, voilà, restez un peu à distance et filmez l'entrée. Un petit panoramique pour me montrer. Attendez, on dirait que quelqu'un vous a reconnue. Ne vous retournez pas.

« Catherine, qu'est-ce que tu fais là ? Je te cherchais. Tu montes les marches ce soir ?
– Non non, oui, enfin... »

Débarrassez-vous de lui. Sinon on perd le plan-séquence, et il faut tout recommencer à zéro. On a dit une seule prise.

« Tu m'excuses, Pierre, il faut que je...
– Ne me dis pas que tu n'as pas cinq minutes, je t'offre un verre ? Il faut que je te parle d'un projet... »

On va perdre le film, Catherine. C'est maintenant ou jamais. Vous êtes désolée, vraiment, vous lui expliquerez...

« Pierre je suis désolée, vraiment, je t'expliquerai...
– Tout va bien ? Tu as l'air contrariée.
– Oui oui écoute je n'ai vraiment pas le temps là, et puis je suis au téléphone...
– Bon OK comme tu veux, moi non plus, à plus tard... »

Ce Pierre Lescure. J'ai cru que vous ne vous débarrasseriez jamais de lui. Bon. La voie est libre. Respirez.

Voilà, comme ça, vous entrez dans la suite en ignorant les vigiles. Gardez vos lunettes. Ne répondez pas quand on vous dit bonjour, un peu odieuse, continuez à téléphoner. Plus lentement, essayez de ne pas bouger autant quand vous filmez, vous me donnez le mal de mer. Vous pouvez commencer à glisser votre main dans votre sac pour attraper votre arme…

« Catherine ! Ma chérie !
– Tu m'as fait peur !
– Tu montes les marches ce soir ? Tu es venue choisir tes bijoux ? Tu vas porter quoi, comme robe ? »

Catherine, ne vous laissez pas distraire, débarrassez-vous d'elle…

« Écoute, Fanny. Je suis en train de tourner un film, je n'ai pas…
– Avec ton téléphone ? »

Catherine !

« Hein ?
– Tu tournes un film avec ton téléphone ? Pour tes petits-enfants ? Mamie au festival de Cannes ?
– Fanny, je…
– Je te laisse, je te laisse, je comprends. »

Bien. Attendez encore un peu. Maintenant vous pouvez lever la tête. C'est là que vous voyez, vous voyez la caméra de vidéosurveillance. Bien, regardez-la bien. Essayez de rester là le plus possible. Surtout fixez la caméra, qu'elle se souvienne de vous. Enlevez vos lunettes noires, il ne doit y avoir aucun doute. Parce que ces caméras sont de très mauvaise qualité, par souci de réalisme. Faites la même chose avec toutes les caméras que vous repérez. Vous les fixez un instant. Vous êtes magnifique, Catherine, inoubliable.

Maintenant vous sortez votre arme. Ne remuez pas trop, non, fixez-vous encore. La fixité est magnifique.

Pointez votre arme vers l'employé, ne dites rien, puis vers le coffre, sans un mot, posément. Ne dites rien, laissez faire l'arme.

Voilà, parfait. Faites confiance à la peur.

Vérifiez que c'est bien le bon collier. Filmez-le de plus près. On dirait que c'est lui. Si c'est lui, faites oui avec le téléphone. Parfait. Mettez-le dans votre sac. N'oubliez pas les bracelets et les boucles d'oreilles.

Maintenant rangez votre arme. Direction la sortie. Je sais que vous ne voulez pas courir, mais il ne faut pas traîner non plus. Je ne sais pas ce que vous en pensez, pour l'instant, Catherine ? Moi j'aime beaucoup, beaucoup… quand vous avez regardé la caméra, c'était tellement… vous.

« Catherine !
– Non, pas maintenant, je t'ai dit !
– Mais Catherine, à la fin, qu'est-ce qui te prend ? »

C'est bien, ne perdez plus de temps. D'un pas vif… C'était qui cette fois ?

« Encore Pierre. C'est terrible. Vous allez me fâcher avec tous mes amis ! »

Vous leur expliquerez, ça les amusera beaucoup. Ne reprenez pas l'ascenseur au même endroit. Marchez jusqu'au bout du couloir. Vous allez prendre l'ascenseur de service. Un peu plus loin. Voilà, celui-là. Descendez au rez-de-chaussée, il va vous emmener à la sortie des cuisines. Maintenant vous tournez le dos au hall d'entrée et vous vous dirigez vers l'arrière-cour. Vous laissez les poubelles sur votre gauche, vous traversez la cour, et vous êtes dans la rue. Une voiture noire vous attend. Vous montez dedans.

JE NE SUIS PAS QUELQU'UN DE RAISONNABLE

Audition de Catherine D

« Quand je suis montée dans l'ascenseur, il y avait bien un barbu avec des lunettes, mais c'était vraiment Steven, je veux dire Spielberg en personne. J'étais tellement surprise, et en même temps, quoi d'étonnant ? Truffaut avait bien accepté de jouer dans l'un de ses premiers films, *Rencontres du troisième type*, alors Spielberg dans le dernier Godard, ça avait sa logique...

– Comment ça, le dernier Godard ?

– ... Le scénario disait de ne rien lui dire...

– Quel scénario ?

– ... Alors quand il m'a dit "Bonjour Catherine", je n'ai rien répondu, j'ai cru...

– Il a trouvé que vous n'étiez pas dans votre état normal, froide, distante, très nerveuse. Sûrement la perspective du braquage ?

– Quel braquage ? C'était un tournage !

– Ah ? Où étaient les caméras ?

– La vidéosurveillance, évidemment.

– Oui, évidemment.

– ... Comme chez Takeshi Kitano. La scène de braquage est filmée par la vidéosurveillance.

– Vous reconnaissez donc que c'est un braquage.

– Une *scène* de braquage ! Regardez…

– Oui, je vois… Vous avez tout filmé avec votre portable. C'est ce que vous appelez un tournage ?

– Je sais que ça peut paraître bizarre, mais c'était un film de Godard. C'est toujours bizarre…

– Oui, c'est bizarre. Il était où, Godard ?

– Chez lui. À Rolle, en Suisse. À son âge… C'était pour ça, le téléphone. Il me dirigeait.

– Jean-Luc Godard vous dirigeait par téléphone, depuis la Suisse ?

– C'est pour ça que je filmais.

– Vous filmiez *pour* Godard ?

– Pour qu'il voie ce que je voyais. Et qu'il me dise quoi faire.

– Vous voulez dire que le cerveau du braquage, c'est lui, et que vous n'avez fait qu'obéir aux ordres…

– Je vous dis que c'était un tournage.

– Et la sortie du film est prévue pour quand ? Non, parce que voler vingt-cinq millions d'euros de bijoux, tout filmer, et vouloir diffuser ensuite les preuves qui vous condamnent, c'est original comme démarche. Une première mondiale – je ne sais pas dans l'histoire du cinéma, mais dans l'histoire du banditisme… Vous croyez vraiment que vous allez vous en sortir comme ça ? Il vaudrait mieux tout nous dire maintenant, madame Deneuve.

– Je vous l'ai déjà dit, ne m'appelez pas madame. Ni Deneuve, ça me fiche le cafard. Dites simplement Catherine.

– Très bien, comme vous voudrez. Vous êtes en garde à vue, Catherine. »

François Truffaut : « Autant que je sache, j'ai reçu de l'argent de la Mafia pour une partie de mon salaire quand je faisais des films. Non, non, je ne veux pas… Je ne veux pas juger. [Une pause. La caméra s'avance vers son visage.] Tu sais pourquoi je ne veux pas ? C'est parce que dans mon enfance j'étais un voleur. Après la libération de Paris, j'attendais des soldats américains à la sortie du métro et je les amenais dans un bordel ou un bouge, et ils me donnaient des friandises et des cartons de cigarettes, alors je ne peux pas. […] Je me conduisais en survivant. Je volais des militaires américains. Je volais des militaires allemands auparavant, et j'adore les films où Chaplin ôte le sandwich de la bouche des enfants pour le manger lui-même. Mais après tout [il soupire], l'histoire du cinéma est pleine de chefs-d'œuvre financés par des chèques en bois. Un financement plus sain des films et des financiers moins aventureux n'amènent pas nécessairement de meilleurs films. Ils amènent seulement des films plus *raisonnables.* »

Confidentiellement vôtre, de Marcel Ophüls

Audition de Dominique B

« Elle avait des problèmes d'argent ?

– Non, pas à ma connaissance. Ça allait même plutôt bien. Elle vient d'enchaîner plusieurs films.

– Des addictions ?

– Pas plus que tout le monde.

– Le jeu ?

– Je ne crois pas. Une fois, un loto peut-être. Mais on avait bu.

– Quelqu'un susceptible de lui faire du chantage ?

– Elle ne m'a parlé de rien.

– Était-elle sujette à des accès d'humeur, à des actes incompréhensibles ?

– Comme quoi ?

– Pas d'épisode dépressif récent, de traitement en cours ?

– Vous la traitez de folle ?

– La psychiatrie est une piste. Comment expliquer son geste sinon ? Une star qui braque un grand joaillier, on n'a jamais vu ça, d'habitude elles se contentent de ne pas rendre les bijoux qui leur ont été prêtés ; mais une personnalité insomniaque automédiquée qui passe à l'acte suite à un mauvais dosage, on a déjà eu. En général, c'est plutôt un suicide. Là, ce serait disons un suicide social. C'est courant dans ces milieux, passé un certain âge.

– Vous n'êtes pas sérieux ? Vous voyez bien qu'elle a été manipulée.

– Ce que nous montre la vidéosurveillance, c'est votre cliente qui entre sur les lieux, son téléphone à la main. Elle sort une arme, braque les employés et repart tranquillement en marchant avec le butin dans son sac.

– En marchant ! Quel genre de braqueur repart en marchant ?

– C'est la meilleure manière de passer inaperçu. Ça suppose d'ailleurs un sang-froid et un professionnalisme qui laissent imaginer une certaine préparation, voire une habitude.

– C'est une actrice. Et après ?

– Après, plus rien. La vidéosurveillance s'arrête là.

– Pour quelles raisons ?

– Aucune idée. L'enquête est en cours.

– C'est malheureux.

– C'est le mot.

– Sinon vous auriez vu qu'il ne s'agissait pas d'un braquage, mais d'un tournage.

– Ça c'est vous qui le dites. Vous parlez de tournage, mais il n'y a aucune caméra, à part la vidéosurveillance, et son portable. On a donc affaire pour l'instant à un braquage simple, si je puis dire. À main armée. Votre cliente était familière des armes à feu ?

– Pourquoi vous parlez d'elle à l'imparfait ?

– Parce qu'elle a disparu. Avec les bijoux.

– Qu'est-ce que vous attendez pour la retrouver ?

– On l'a retrouvée. Mais pas les bijoux.

– C'est bien la preuve qu'elle est innocente ! Où est-elle, je peux la voir ?

– On essaie de déterminer si elle a été enlevée, ou si elle s'est enlevée elle-même. La situation n'est pas claire. Elle prétend souffrir d'amnésie. Des examens sont en cours pour déterminer si elle simule. Dans tous les cas, elle sera entendue dans le cadre de l'enquête sur le vol à main armée, et probablement mise en cause. À moins que les experts ne la déclarent irresponsable.

– En gros, c'est l'asile ou la prison ! Je veux voir votre supérieur.

– C'est moi, le supérieur.

– Eh bien je veux voir au-dessus !

– Il n'y a rien au-dessus. Mais vous pouvez toujours essayer. »

Audition de Catherine D

« Je ne suis pas quelqu'un de raisonnable. C'est pour ça que j'aime le cinéma. Sans le cinéma je suis triste. Disons que je reviens à ma tristesse fondamentale. Il y a une couleur qui est la couleur de ma vie, et cette couleur c'est le gris. Je ne dis pas ça avec regret. J'aime beaucoup le gris. C'est ma couleur préférée. Personne ne la voit comme une couleur. Personne ne la voit. Elle est là, c'est tout. J'ai failli dire comme moi, mais ce serait déplacé. Dans ma position, il y a des choses qu'on ne peut pas dire. On peut encore les penser.

Je suis d'une nature plutôt mélancolique, c'est comme un fond qui vient griser l'ensemble de mes expériences, même les plus heureuses. J'étais déjà comme ça, petite fille, sans raison particulière. Les berges de la Seine, la pointe du Vert-Galant, les toits en ardoise. Paris. La Normandie aussi. Le Perche. Quand il fait gris, on distingue mieux les formes, les choses sont bien dessinées. Les vaches dans les champs, sous le ciel, là-bas la forêt. La mer au loin peut-être. Duras, évidemment. Les lignes sont douces, claires, on respire. Chez Duras le gris c'est la couleur de la mer, et des yeux des enfants. Le gris dont nous parlons est purement imaginaire. C'est une teinte psychologique, la couleur de mon âme. Elle a fait du cinéma aussi, Duras. C'était bien. C'était gris. Mais je préfère quand le cinéma ne me confirme pas dans ma couleur d'origine. J'ai besoin qu'on me change les idées. C'est pour ça que je suis actrice, vous comprenez ?

Quand je ferme les yeux, le monde commence. J'entends mon cœur qui bat aussi, j'ai peur. Mais je suis heureuse surtout. Parce qu'elle est là, enfin, la vraie vie, celle dont on rêve, la seule. Dans le noir, il y a toutes les couleurs. Quand je rouvre les yeux, il n'y a plus rien.

Je suis dans ma chambre. Le téléphone sonne. Je n'ai aucun souvenir de ce qui s'est passé avant ni après. Non je ne sais pas qui tenait l'arme. Je sais que ce n'était pas moi, j'ai toujours détesté ça. La violence, le courage, ce n'est vraiment pas mon truc. Après je me réveille dans le coffre d'une voiture, il fait noir et c'est tout. »

Audition de Dimitri Koulechov

« Elle est toujours bien, hein ?

– Qui ?

– Comment ça, qui ? *Elle*.

– Oui, elle est formidable.

– Quelle actrice...

– Elle vous ferait croire à n'importe quoi.

– C'est une qualité ?

– Bien sûr. Enfin, pour une actrice.

– Sauf que là, elle ne joue pas.

– Qu'est-ce que vous en savez ?

– J'en sais qu'on l'a retrouvée dans un coffre, traumatisée, amnésique. J'en sais que le mensonge est mon métier. J'en sais que c'est une star, vous de petits étudiants en cinéma, que vous avez toutes les raisons de mentir, et elle aucune. Je continue ?

– Ça peut très bien être une mise en scène.

– Tu viens de le dire : quelle actrice !

– Ce que j'en dis, qu'est-ce que ça change ?

– Ça change, pour le juge. Crois-moi.

– Et pourquoi je vous croirais, si le mensonge est votre métier ?

– Tu regardes trop de films. Là t'es pas dans *Matrix*, mais dans *Garde à vue*. Bienvenue dans la réalité, Néo.

– En garde à vue ?

– Je suis sûr que tu ne pensais pas à mal. Seulement les faits sont là. Et ils sont plus têtus que toi.

– Vous ne m'avez pas répondu.

– Toi non plus.

– Je suis libre de partir ou pas ?

– Je te conseillerais "ou pas". Pour l'instant tu es entendu comme suspect libre. Cela dit, si tu ne te montres pas de meilleure volonté…

– Je vous vois venir. Vous allez faire porter le chapeau à des petits étudiants en cinéma que personne ne croira.

– La personnalité de l'auteur d'un crime influe peut-être sur la manière, mais pas sur le résultat de l'enquête. Star ou pas star.

– Je ne vous crois pas.

– Tu n'as qu'à dire la vérité.

– Comment vous le saurez, que c'est la vérité ?

– On a des éléments matériels.

– Je demande à voir.

– Tu verras. Dès que tu nous auras donné ta version. J'aimerais entendre de ta bouche pour quelle raison une star, justement, aurait accepté de jouer dans un petit film de fin d'études, tout ça pour pas un rond.

– Vous n'avez qu'à demander à Catherine.

– Parce que tu l'appelles Catherine ? La grande famille du cinéma… Elle ne se souvient de rien, elle est en état de choc.

– C'est commode. On a signé un contrat. Vous n'avez qu'à vérifier.

– Qu'est-ce que ça prouve ?

– Que c'était juste un film ! Demandez-lui, à son agent, pour quelle raison mystérieuse elle a accepté. Il n'est pas en état de choc, lui.

– Bonne idée.

– Alors qu'est-ce que vous attendez ?

– On t'a pas attendu. »

Audition de Dominique B

« Catherine est quelqu'un de très intuitif, de très vivant, ou vivante je ne sais plus comment on dit, c'est une femme donc on doit dire vivante, non ? Je ne sais plus si c'est la femme qui prime ou si c'est quelqu'un, grammaticalement. Au fond ça tombe bien parce que Catherine est à la fois une femme *et* quelqu'un. Ou quelqu'une ?

Bref, Catherine est arrivée sur le plateau, enfin à l'hôtel, de très bonne humeur, elle adore tourner avec de nouveaux réalisateurs, surtout des projets un peu punk comme ça, sans argent mais pleins de fantaisie. Vous savez ce qu'on dit à Hollywood ? Pour faire du cinéma, il faut de l'argent ou des idées. Quand on n'a pas d'idées, on fait des films d'argent. Quand n'a pas d'argent, on fait des films français. C'est méchant et c'est faux, mais c'est drôle.

Catherine s'amuse beaucoup sur les tournages et là en plus, vous avez raison, il y avait une nouveauté ou disons une rareté, une arme, on ne lui demande pas souvent de jouer les criminelles, non je ne sais pas pourquoi, enfin si je pense avoir une idée, une beauté comme la sienne est déjà une arme – bref le défi artistique l'excitait beaucoup, parce que le cinéma c'est ça aussi, la violence, les voyous.

Pourquoi avoir accepté de tourner gratuitement ? Vous savez, un rêve d'actrice, ça ne se discute pas. Au fond je n'en sais rien, un mélange de psychanalyse et de vin blanc sûrement... Et puis, cette fascination pour la jeunesse. Je la comprends. C'est de notre âge. Et donc elle a dit oui. Un peu sans réfléchir, comme toujours. Mais pour un film, pas un braquage !

D'autant, entre vous et moi, qu'en violence elle est nulle. Une actrice géniale, mais pas crédible une seconde avec une arme à la main, elle a beaucoup trop de classe. Je ne sais même pas si elle en avait déjà touché une, comment vouliez-vous qu'elle sache que c'était une vraie, on n'est pas aux States ! Elle n'a fait que suivre les instructions du scénario, exercer son métier avec la conscience qu'on lui connaît. Accuser Catherine, je vous le déconseille, c'est une très mauvaise idée. Si vous commettez la bourde de la mettre en cause, vous allez le payer cher. Ce n'est pas une menace mais une prophétie. Pas une prophétie : une certitude.

Mon rôle dans tout ça ? Vous appelez quoi *tout ça* ? Il faut être plus précis, soignez un peu vos répliques si vous voulez que je le joue bien, mon rôle. Moi mon métier, par rapport à Catherine ou à d'autres talents de son espèce – ne nous voilons pas la face, les acteurs, les actrices sont une *espèce* : il faut savoir être toujours là, comme une maman, à les aimer, les chouchouter, à les deviner, les consoler, à les flatter aussi un peu – pas Catherine, elle n'a pas besoin de ça, elle est vraiment à part, une espèce dans l'espèce, une niche écologique à elle toute seule, beaucoup de chien, de la *race* –, et en même temps ils sont très jaloux de leur liberté, c'est comme avec des animaux sauvages, des taureaux dans une manade, il faut rester à la bonne distance – je vous assure, je suis d'une grande discrétion, comme *La Lettre écarlate*, dans ce film formidable, c'était un livre aussi – cette lettre perdue que tout le monde cherche, à la fin on s'aperçoit qu'elle était là depuis le début, sous nos yeux bien en évidence, posée sur la table de nuit ! C'était une table de nuit je crois. Ou une commode ? Vous voyez l'idée : tout le monde cherche le petit secret, et il n'y en a pas ! La plupart de mes clients sont si désordonnés, chaotiques, imprévisibles, qu'ils sont parfaitement incapables de cacher quoi que ce soit. Ils mentent beaucoup – à part Catherine – mais je lis en eux comme dans un livre ouvert. Ça tombe bien parce que je n'ai plus le temps de lire. Même les scénarios, vous voulez la vérité ? Je les donne à ma femme de ménage. Le sens du détail, une femme d'une finesse, rien ne lui échappe. Elle me fait des fiches de lecture d'une propreté ! C'est à la fois ma femme de ménage *et* ma ménagère de moins de cinquante ans. Même si elle commence à vieillir. On n'en parle pas, du vieillissement de la ménagère, depuis le temps qu'elle a moins de cinquante ans, elle doit approcher les soixante, soixante-dix. Je pense qu'elle passe plus de temps à lire qu'à récurer désormais. Ça ne me dérange pas, j'aime bien faire le ménage, si je peux rendre service.

Marlon Brando avait raison : nous sommes tous des acteurs. Chacun joue son rôle dans la société, et il est payé pour. Vous portez bien le costume d'ailleurs, je vais prendre vos coordonnées, j'ai fait travailler beaucoup de vos collègues. Parce que je sais ce que c'est, vous êtes là avec votre arme de service, depuis la sortie de l'école vous n'avez jamais tiré un coup, et vous en rêvez, au moins une fois, par curiosité – l'adrénaline, plutôt que de s'emmerder derrière un bureau à faire de la paperasse... Venez sur un tournage, vous allez adorer. J'en connais qui ont démissionné pour me rejoindre. Le frisson de la violence, seul le cinéma peut vraiment vous le donner... Corruption ? Non : *libération* de fonctionnaire. Je vous laisse ma carte.

Vous ne voulez pas jouer ? Vous seriez bien le premier. Je vous vois venir. Vous essayez de refaire le coup de Broussard avec Mesrine. Coincer une star pour en devenir une... Mais vous avez frappé à la mauvaise porte, mon ami, ou disons que vous avez frappé alors qu'il suffisait de sonner gentiment. On n'a rien à cacher, nous, dans le cinéma. Tout est là, posé sur la table de nuit, bien en évidence sous vos yeux, comme la lettre écarlate. Si vous ne voyez rien, c'est que vous ne voulez pas voir. »

Audition d'Aliocha Koulechov

« Il ment.

– Il tient son rôle.

– Ce n'est pas *La Lettre écarlate*, c'est *La Lettre volée*.

– Qu'est-ce que ça change ?

– C'est une histoire de Poe, pas de Hawthorne. La lettre n'est pas perdue, elle a été volée. Et elle n'est pas posée sur une table de nuit, ni sur une commode, mais sur un bureau, celui du coupable. Un peu froissée, comme si elle n'avait aucune importance. Personne ne fait attention à elle, et tout le monde la cherche.

– Je n'appelle pas ça un mensonge. Au mieux, une erreur. On a le droit de se tromper.

– Pas une erreur, une faute.

– On pourrait même dire un crime.

– On pourrait.

– Mais on ne le fera pas. Parce que les mots ont un sens.

– S'il ment pour ça, il ment pour tout.

– Pour l'instant, la balance penche de son côté. Celui des riches, des puissants, des stars. Ça pèse. J'ai envie de te croire, mais il faudrait commencer par me raconter quelque chose.

– Je ne suis pas une balance.

– Il faut arrêter avec ça. La balance est le symbole de la justice, pas de la délation. Dire la vérité, c'est rééquilibrer le monde.

– Je ne comprends pas ce qui s'est passé. On tournait un film, et elle a disparu dans une voiture noire, à toute vitesse. On a essayé de la rattraper, et c'est comme ça qu'on a eu cet accident idiot.

– Donc, pour commencer, tu ne nies plus votre participation aux faits ?

– Quels faits ? C'était un film !

– Juste une question, par curiosité : dans quel genre de film on tourne une scène de braquage avec une véritable arme à feu, chargée qui plus est ?

– L'arme depuis le début j'étais contre. Mais elle était factice, vous êtes au courant quand même, le cinéma c'est pour de faux !

– En tout cas, le braquage était pour de vrai, vingt-cinq millions de butin. En euros. Parce qu'en dollars on frise les trente. Bravo, bel exploit. Et je suis au regret de te dire que l'arme aussi était vraie. Avec dedans de vraies balles. Vous avez de la chance qu'il n'y ait pas eu de blessés ou pire. Du point de vue de la réquisition, ça ne changera pas grand chose. Vous êtes déjà à vingt ans pour vol à main armée, plus au moins dix pour association de malfaiteurs. Là aussi on frise les trente. Plus trois cent mille euros d'amende. Avec une arme factice, vous pouviez faire croire à un tournage qui aurait mal tourné, mais là… Et si on reprenait depuis le début ? Tu vas me raconter comment toi et ton frère vous avez réussi à convaincre une star internationale de faire un braquage en plein festival de Cannes à visage découvert. Ça va faire deux ans que tu étudies l'art du scénario dans ton école qui n'en est pas une. On va dire que c'est ton oral de rattrapage, celui de la dernière chance. »

THERE IS NO FREE LUNCH

Masterclass de Luc B.
Cité du cinéma.

On dit beaucoup de choses sur moi. « Il s'est fait tout seul. » « Il a rêvé de cinéma, et il a accompli son rêve. » « Il ne fait pas des films pour en parler, mais pour les faire. » Après tout, on ne demande pas à un menuisier de commenter sa table, ou à un plombier de théoriser ses tuyaux. Ça marche, ou ça marche pas. C'est tout. Si ça marche pas, on recommence. Claude Berri disait qu'au début, il voulait juste être acteur. Comme il avait une sale gueule, personne ne voulait de lui. Du coup, il est devenu scénariste. Ça vous rappelle quelqu'un ?

[Rires.]

Comme personne n'aimait ses histoires, il a été obligé de les tourner lui-même. Et comme personne ne voulait de ses films, il est devenu producteur. Vraiment, ça ne vous rappelle personne ?

[Applaudissements.]

Le succès a été immédiat. De fil en aiguille, il est devenu à la fois producteur, réalisateur, scénariste, acteur… Vous n'avez pas connu l'époque où on regardait encore les Césars, vous êtes trop jeunes, mais pendant quinze ou vingt ans, tous ceux qui recevaient une récompense remerciaient Claude Berri. On aurait dit une *private joke*. Comme acteur, il est resté mauvais, comme scénariste pas terrible, comme réalisateur bof, mais comme il produisait la moitié des films français, on ne lui en voulait pas, il avait bien le droit de s'amuser un peu. « Je tiens à remercier Claude Berri. » « Merci Claude, ce César je te le dois. » « Sans Claude jamais ce film… », etc.

[Applaudissements. Le son est d'assez bonne qualité, mais l'image médiocre, filmée avec un téléphone portable. On distingue la silhouette de l'intervenant, à contre-jour.]

Audition de Dimitri Koulechov

« Qui parle ?

– Le prof.

– C'est son surnom ? "Le Prof" ?

– Non, c'est juste le prof. Enfin, c'est Luc, vous voyez bien.

– Non justement, on ne voit pas bien. Qui filme ?

– Je sais pas.

– C'est bien ton téléphone pourtant.

– Il m'arrive de le prêter. J'ai un forfait illimité.

– Là, c'est pas pour téléphoner. C'est toi qui filmes, ou c'est ton frère ?

– Ni l'un ni l'autre. Me souviens pas. J'ai pas beaucoup de mémoire.

– Qui n'a pas beaucoup de mémoire ? Toi ou ton téléphone ?

– Moi, mon téléphone, c'est pareil. C'est pour ça que je filme tout. Vous allez me le rendre maintenant ?

– Attends, on n'a pas fini. T'es pressé ? T'as un rendez-vous ? Annule tout, détends-toi. Souris, tu vas être filmé. Tu es en garde à vue. »

Masterclass de Luc B.
Cité du cinéma.

Après, le succès, ça n'empêche rien, ni les dépressions, ni les malheurs, c'est la vie. Si on vous dit Besson, c'est Berri, c'est pas faux, mais c'est pas tout. Moi j'ai toujours rêvé de l'Amérique, je suis pas le seul. Même Truffaut… Je sais ce que vous pensez, c'est le même délire de grandeur qui a perdu Napoléon. Mais je vois pas l'intérêt de rêver si c'est pour pas rêver trop grand.

On dit : Besson fait du cinéma américain. C'est vrai : je fais du cinéma, donc du cinéma américain. CQFD. Je veux dire, c'est pas la peine de construire des salles avec des putains d'écrans géants, le son Dolby Surround 5.1 et la 3D intégrée, si c'est pour se farcir un truc à la con où ça pleurniche dans les cafés en s'embrassant sous la pluie. Desplechin, *go home !* Faut que ça pète un minimum. Le cinéma d'art et essai, j'ai rien contre, mais quand je vais au cinéma, c'est pas pour finir au Louvre. Comme dit Steven : « Il y a les films, et les vrais films. Moi, je veux faire de vrais films. »

[Applaudissements.]

Le problème du cinéma, c'est toujours le même, ça coûte trop cher, et personne n'est jamais sûr de revoir sa mise. Personnellement, j'ai investi dans des multiplexes. Mes films, pour faire simple, je me les vends à moi-même, au moins je suis sûr de pas les faire pour rien. Je suis pas Claude Berri, moi personne me dit merci. Mais au fond je fais pareil. Quand j'ai un rêve, je le réalise. Je le produis. Et je l'exploite.

L'histoire me donnera raison, je pense. Les westerns, les polars, même les séries B, les séries Z, les pires trucs sont toujours les plus intéressants à la fin, ce sont eux qui en disent le plus sur leur époque. Je vous dis pas de faire les pires trucs. Je vous dis pas de les faire exprès. Mais croyez-moi, on est peu de chose. Si ça se trouve, les pyramides étaient des cinémas, dont il ne reste que les projectionnistes momifiés dans de la pellicule. Toutânkhamon, c'était un film. Et Ramsès II, la suite du I... On ne sait pas ce qui restera. Les Charlots ou Tarkovski ? J'ai pas dit Charlot, j'ai dit « les Charlots », vous n'avez vraiment aucune culture. Tarkovski, c'est pas de la merde c'est sûr, mais faut être Tarkovski. Pour un Tarkovski, combien de Charlots ? Avouez que les statistiques sont contre nous. Ici, on se la raconte pas. On veut pas finir Truffaut, Godard ou Chabrol. D'ailleurs c'est dangereux, y a qu'à voir, ils sont tous morts...

[Une voix à peine audible dans l'assistance corrige timidement : « Pas Godard. »]

Ah bon ? Vous êtes sûrs ?

[Rires.]

Riez pas. Il y a quelques mois encore, la plupart d'entre vous hésitaient entre mourir de faim inconnu et mourir de faim tout court. Godard par-ci, Besson par-là, à la fin c'est kif-kif, que ce soit sur les rayons des grandes surfaces ou de la Cinémathèque, on termine tous dans une petite boîte. Vous, peut-être que personne ne connaîtra jamais votre nom, mais si vous m'écoutez, au moins vous ne mourrez pas de faim. Vous mourrez, pas moins bêtes, mais moins vite.

[Applaudissements.]

Un jour Godard a dit : « Tout ce dont vous avez besoin pour faire un film, c'est d'une fille et d'un flingue. » « Godard a dit », ça vaut « Jacques a dit », sauf que c'est Jean-Luc, même si Jean-Luc a précisé aussitôt : « C'est pas moi qui l'ai dit, c'est Griffith. » Et « Griffith a dit », c'est pas rien, *Intolérance* quand même, un film dément… Vous l'avez tous vu, non ? Vous êtes étudiants en cinéma, ça veut pas dire que vous devez avoir tout vu, mais que vous devriez, au moins, avoir honte de ne pas connaître. Pour être honnête, à l'époque de Godard, on pouvait vraiment tout voir, à raison de trois ou quatre films par jour, cinquante ans de production, c'était jouable. Aujourd'hui, il y a tellement de films, le cinéma, soit tu le regardes, soit tu en fais. Voilà ce que Godard dirait, ou le patron de TF1, sur ce point au moins ils seraient d'accord.

[Rires.]

Étudiants en cinéma, ça ne veut rien dire. Rien ne peut vous préparer à *ça*. Il n'y a pas d'école, pas vraiment. Tout ce qu'on peut vous dire en cours, un jour ou l'autre, sur un tournage, il faudra faire le contraire. Le secret ? Il n'y a pas de règles, c'est la seule. Et encore, c'est même pas sûr.

Étudiants en cinéma, ça veut juste dire que vous devez être prêts à tout. Ne me demandez pas à quoi. Un film, c'est un hold-up. Il ne suffit pas de savoir où est la banque, il faut avoir une idée. Mais une idée, ça ne suffit pas non plus. Il faut passer à l'acte. Après il faut avoir de la chance. Ou plutôt, il faut aller la chercher. De préférence avec une fille et un flingue.

[Quelqu'un pose une question, qu'on n'entend pas très bien, et qui se termine par « … vous ? ».]

Ce que j'en dis moi ? Si vous voulez réussir votre coup, n'attaquez pas la banque. De nos jours, c'est le seul endroit où l'argent est gardé…

[Applaudissements. On entend la voix de celui qui filme : « Merde j'ai plus de batterie. » On voit son visage pendant qu'il tripote son portable. C'est Dimitri. Puis le noir.]

Audition de Dimitri Koulechov

– Alors c'est bien toi qui filmes ? On t'entend et on te voit.

– C'est pas ma voix. Et on voit rien.

– Moi je t'ai reconnu.

– Sûrement. Si vous le dites.

– Oui ou non ?

– Peut-être.

– Peut-être ou sûrement ? Joue pas au ni oui ni non avec moi.

– Je joue pas. Les mots c'est pas mon truc. Moi c'est les images.

– On dirait pas. Flou, mal cadré… Il le sait, Luc, qu'un de ses génies en herbe risque de mourir de faim ?

– Ça va, c'est pas vraiment filmé. C'était juste pour prendre des notes.

– Tu sais pas écrire ?

– Je préfère écouter. Quand on note, on déforme tout. Et puis on rate des choses, Luc il va toujours trop vite. Vaut mieux enregistrer. C'est bien ce que vous faites aussi, non ?

– C'est pas pareil. Là on n'est pas en classe, t'es pas le prof, et tu poses pas les questions.

– Votre plan fixe, je suis sûr qu'il est pas terrible non plus, vous avez dû mettre l'autofocus, ça doit être flou à chaque fois que je bouge. Elle est pas mal, votre caméra. C'est quelle marque ?

– Pas touche. On bouge pas pendant qu'on filme. On regarde pas la caméra. Et on répond aux questions. On t'a pas appris ça, dans ton école ?

– C'est pas vraiment une école.

– Comment ça ?

– On apprend des trucs. On s'ennuie pas. Et on a du boulot à la sortie. Vous êtes d'accord, c'est pas vraiment une école.

– Du boulot ? Comme un hold-up ?

– Non, ça c'était une image.

– Vas-y, développe. Puisque c'est ton truc. Raconte-moi comment toi et ton frère vous en êtes arrivés là. Parce que séquestration, vol à main armée, association de malfaiteurs... Le juge ne va plus savoir où donner de la tête. Vos casiers judiciaires vont perdre leur virginité de manière un peu virile.

– Je veux m'en aller.

– Tu sais que vous risquez de prendre vingt ans, facile. Toi ça va, t'es un bonhomme, mais ton frère, le poète, c'est un faiblard, tu crois qu'il va tenir combien de temps ? Tu dis plus rien. C'est bien, au moins, tu bouges plus. Même avec l'autofocus, tu vas être bien net, bien dans le cadre. Redresse la tête. Tu vas voir, ton prof va être fier de toi, quand il va découvrir à quel point vous étiez prêts à tout. Tu as raison, ton école c'est pas vraiment une école. Quand on se trompe à l'école, on ne va pas en prison. On retourne au tableau, on efface et on recommence. Alors qu'ici, ses fautes, on les paye comptant, en années. Il a rien dit Godard là-dessus ? Griffith non plus ? Enfin, si t'aimes le cinéma, tu vas être servi. Tu vas avoir le temps de te refaire ton film toutes les nuits dans ta cellule. Au plafond. Ou dans ta tête. *Privation de liberté*, tu connais ? Pour l'instant ce n'est qu'un titre, ce ne sont que des mots, mais tu vas voir, bientôt ça va devenir ton truc. Ton Luc, là, ton "prof", je sais pas s'il disait ça parce qu'il y croyait un peu ou pour faire comme dans ses films, mais il avait raison au moins sur un point : rien ne peut te préparer à *ça*. Toujours rien à dire ?

– Mon frère. Il n'y est pour rien.

– Alors juste une question. Si tu réponds, on verra ce qu'on peut faire pour lui. Pourquoi Deneuve ?

– À cause de *Taxi Driver*.

– *Taxi Driver*, le film avec De Niro ?

– Quand ils ont voulu monter leur coup, il leur fallait une fille, dans le genre de Cybill Shepherd.

– Qui ça, *ils* ?

– Les producteurs. Scorsese et sa bande. Ils rêvaient d'avoir quelqu'un dans le genre de Cybill Shepherd pour leur film, parce que Cybill Shepherd, c'était pas possible, c'était une star.

– Cybill qui ?

– Shepherd. Une blonde. Américaine. Une star.

– Connais pas.

– À l'époque.

– Quel rapport avec vous ?

– Donc ils cherchent une fille dans le genre de Cybill Shepherd, et ils ne trouvent pas. Forcément, parce que dans le genre de Cybill Shepherd, y a que Cybill Shepherd. Logique. C'est la conclusion à laquelle ils arrivent eux aussi. Cybill Shepherd c'est encore ce qu'il y a de mieux dans le genre de Cybill Shepherd.

– Tu te fous de ma gueule ?

– Pas du tout. Finalement ils ont proposé à Cybill Shepherd, et elle a accepté de jouer pour rien, trente-cinq mille dollars, parce qu'elle savait qu'ils étaient fauchés, et qu'elle était quand même la plus qualifiée pour jouer une fille dans son genre. Et donc on s'est dit la même chose.

– Que vous vouliez Cybill Shepherd ?

– Non. On s'est dit, pour faire notre film, ce qu'il nous faudrait, c'est quelqu'un dans le genre de Catherine Deneuve. »

Audition de Catherine D

« Pourquoi j'ai accepté de jouer dans leur film ? J'avoue, j'ai fait un caprice. Quand ils sont arrivés avec leur fraîcheur, toute cette énergie juvénile, même leur maladresse les rendait charmants. J'ai toujours aimé les étudiants. Ils ne doutaient de rien, et en même temps ils savaient qu'ils ne savaient rien. Comme si leurs vêtements étaient trop grands pour eux. On voit souvent ça, à Cannes, pendant le Festival. Des jeunes qui nagent dans le smoking qu'on leur a prêté, qui ont oublié le nœud-papillon obligatoire pour monter les marches, des jeunes qui rêvent éveillés, qui ne savent même pas ce qu'ils font là. Des somnambules attirés par la lumière des étoiles, si proches et si lointaines. Ils sont vêtus de leurs rêves. J'ai connu Yves Saint Laurent. Comme il m'a éduquée, j'ai le goût des vêtements bien faits, des belles matières. Mais le rêve taille toujours trop grand.

L'argent, c'est idiot, moi j'aime la liberté. Les réalisateurs que je rencontre sont de plus en plus jeunes. Ce n'est pas eux qui rajeunissent, c'est moi qui vieillis ;

ça va arriver de plus en plus souvent. C'est pour les jeunes, le cinéma. Il faut beaucoup de vitalité. Je reconnais avoir une énergie exceptionnelle pour mon âge. C'est une chance que j'entretiens. J'aime les tournages intenses. Alors, vous avouerez, un braquage, c'était tentant !

Des petits voyous ? Oui, si vous voulez. Le cinéma, c'est ça aussi. On triche un peu, beaucoup, on recadre, on trafique le son, la lumière. Il faut mentir pour faire vrai, sinon la réalité, franchement… vous ne trouvez pas ça dégueulasse ? Dégueulasse, j'exagère, j'aime beaucoup la réalité. Elle a besoin d'un petit coup de main parfois, c'est tout.

Et puis j'aimais bien le visage du plus jeune, Aliocha. Il avait l'air un peu idiot quand il me regardait, je fais souvent cet effet aux petits garçons déguisés en grandes personnes. Il ressemblait étrangement à Truffaut. Cet air un peu buté. Ce regard intense, aigu. Il avait dans l'œil la même malice que lui. Le même désir violent, la même complexité aussi. La violence et l'intelligence. Truffaut, tapez son nom sur Internet, *Les Quatre Cents Coups*, vous verrez ce que je veux dire. Quand François vous regardait, vous aviez déjà l'impression d'être filmée. Il aimait vraiment les femmes, comme seule une caméra peut le faire. C'était un homme-caméra. Mais pas que ça.

Voilà pourquoi j'ai accepté de faire leur film. Non, je n'ai pas eu peur pour ma "carrière". C'est amusant, quand on y pense. J'ai toujours rêvé d'être architecte, ou archéologue. C'est la même chose, le même élan vers le minéral. J'aime toutes les sortes de pierres, oui les bijoux, aussi, bien sûr. Ce que j'aimerais me dire quand tout sera fini, c'est que, film après film, pierre après pierre, à défaut de bijoux j'aurai aidé à construire des maisons pour les rêves des hommes.

Par les hommes, j'entends aussi les femmes, les enfants, les étudiants. C'est vrai, on ne m'imagine pas dans une résidence universitaire, pour moi on voit plutôt un grand jardin à la française avec un château, ou une jolie maison de campagne avec des rosiers partout, je jardine beaucoup, mais j'adore aussi la ville. Je suis comme je suis, avec mes contradictions, c'est à prendre ou à laisser.

Tenez, allez me chercher un peu de raisin, vous serez gentil, du chasselas, il y a une excellente épicerie juste en bas. Ce n'est pas la saison, raison de plus. Ça ne me fait pas plaisir, mais si je ne fais pas un petit caprice de temps en temps, je risque de perdre mon statut. Je m'y plie de mauvais gré, ce n'est pas ma nature, mais c'est mon devoir, alors faites un effort. Et un verre de blanc, tant que vous y êtes, du Val de Caire, il a un petit goût de poire étonnant, ça ira très bien avec une planche de serrano et de vieux comté. Je vous ferai goûter. La générosité aussi est un caprice. Les Koulechov l'ont bien compris. Je ne sais plus ce qu'ils m'ont dit mais ils ont su me parler. Faire un film fauché avec des inconnus ? Pourquoi pas, du moment que tout le monde me le déconseille, que ça a l'air d'une folie. Je n'ai jamais été raisonnable, je vous l'ai déjà dit. »

Masterclass de Luc B.
Cité du cinéma.

Nous sommes tous des voleurs. Robert Altman, 1974. Vous l'avez pas vu ? Vous faites quoi de vos nuits, vous dormez ?

[Rires.]

C'est pas drôle. Robert Altman, à force de faire de la provoc, il s'est grillé avec tout le monde. Il en a fait un titre de chanson, oui, juste un titre, sans chanson, qui résume bien sa carrière : « Je nage au milieu des cendres des ponts que j'ai brûlés »... « Nous sommes tous des voleurs », ça résumera peut-être la vôtre. Mais au cinéma, en général, le hold-up se fait en plein jour, tout est là, noir sur blanc, dans le budget... Frais généraux : 10 %. Invérifiable. Direct dans la poche du producteur. Imprévus ? 10 % aussi, une réserve au cas où. Et le « cas où » arrive toujours. En liquide, si possible. Gonfler un devis, c'est la norme, si vous voulez obtenir le CNC. Comme il ne peut pas financer plus de 50 %

de votre film, vous êtes obligés de surestimer vos dépenses. Ça c'est la triche légale, le menu fretin, la partie émergée de l'iceberg.

Après, quand on s'y connaît un peu, rien n'est plus facile que de détourner de l'argent sur un film. Moi c'est pas mon truc, c'est trop petit pour moi. Mais vous pouvez monter une coproduction au Luxembourg, en Angleterre, avec une société étrangère, à qui vous donnez un million, et qui vous reverse cinq cent mille sur un compte, discrètement, quelque part. Dans ces cas, c'est toujours moitié-moitié. Quand ce n'est l'argent de personne, autant être équitables. Un million, c'est quoi ? Une ligne de plus dans le budget.

Comment on convainc l'acheteur de payer un million de plus ? Vous le savez quand même que les chaînes télé ont des obligations d'investissement dans le cinéma français ? Comme elles ont un gros paquet de fric à claquer, à la limite, ça les arrange : un million de plus, c'est toujours ça de moins à investir. La logique vous échappe, moi aussi au début j'étais choqué, le cinéma c'est pas pour les pauvres.

[Question d'un étudiant : « Et l'avance sur recettes ? »]

Quand vous produisez un film, je ne vous apprends rien, ça coûte cher. En France on a inventé une manière de se rassurer : *l'avance sur recettes* – un système étonnant, qui retombe toujours sur ses pieds. Sur ses pieds, pas sur les vôtres, c'est l'astuce : ça ne coûte rien au contribuable. Ce n'est pas de l'argent public, inutile de râler, c'est l'argent *du* public. Une taxe spéciale, qu'on prélève sur chaque ticket de cinéma, une fois que vous l'avez acheté, pas avant… Du coup, vous ne vous en apercevez pas. Tout le monde est content. L'argent de la taxe, sans la douleur du prélèvement.

Maintenant, à qui on va donner cet argent ? Théoriquement on le prête à des producteurs, pour qu'ils fassent des films avec, et puis qu'ils le rendent, quand leurs films auront fait recette. D'où le nom : *avance sur recettes*. En réalité, depuis sa création en 1960, personne n'a pensé à la rendre, l'avance. Enfin, si, 10 % des bénéficiaires. Et qu'arrive-t-il aux 90 autres % ? Rien. Ou plutôt si : on continue de leur prêter de l'argent. Pourquoi ? Parce que : c'est l'*exception culturelle*. On ne dit pas subvention cachée, on dit *avance sur recettes*. On ne dit pas anomalie comptable, on dit *exception culturelle*. À la guerre comme à la guerre.

Pourquoi l'État tolère que personne ne la rende, cette avance ? L'argent du cinéma, c'est d'abord une idée. Vous avez vu *Les Sentiers de la gloire ?* Les généraux discutent autour de la carte d'état-major : combien pour prendre cette tranchée ? Cinquante mille morts. Peut-être cent… Si on veut la tenir, il faudra des renforts.

L'avance sur recettes, c'est les renforts. C'est comme la gnôle qu'on servait aux poilus avant de monter au massacre. La plupart des films tombent au champ d'honneur dès leur premier jour d'exploitation. À peine sortis de la tranchée, fauchés par Cinéchiffres – c'est comme ça qu'on appelle la mitrailleuse : les chiffres de la fréquentation de toutes les salles de France. Tu comptes le nombre de spectateurs à l'UGC des Halles à la séance du mercredi matin, jour de sortie nationale, et à dix heures tu sais si ton film est vivant ou mort. Non, ce n'est pas un métier. On est tous dans la même galère. On rame, de temps en temps on ramasse, la plupart du temps on coule. Je vous dis ça, vous le savez, j'ai toujours aimé la plongée.

[Rires.]

Pourquoi même ceux qui s'en sortent ne remboursent pas ? Tradition française. Quand la guillotine tombe en panne, on gracie le condamné. L'avance sur recettes, c'est la dernière cigarette du producteur qui monte à l'assaut du public. De loin, ça ressemble à une arnaque, mais si vous regardez avec les bons yeux, ce n'est pas qu'une métaphore : on est vraiment en guerre. Contre qui ? Vous avez vu quoi, la dernière fois que vous êtes allés au cinéma ? Un blockbuster, genre *Batman contre le reste du monde*. On a l'air de quoi, avec nos comédies *à la française,* face à *Batman* et ses trois cents millions de dollars ? On dirait des étudiants praguois qui balancent des cocktails Molotov contre des chars russes. Même le cocktail a un nom russe : c'est foutu d'avance.

Sur l'écran, on peut pas lutter. Tout ce qu'on peut faire, c'est de la guérilla. Les Ricains nous attendent dans la salle ? On leur rejoue le Vietnam : on les flingue à la caisse. C'est là qu'on va lui faire les poches, à Batman, et le racketter gentiment. Allez, 10 %. Disons même 10,72 %, pour faire moins arbitraire. Vous voyez l'élégance du truc ? *Batman* fait trois millions d'entrées dans *nos* salles, avec *nos* spectateurs ? On s'en fout ! On lui a pris au passage trois millions de fois notre part. On est chez nous, merde !

À la fin, c'est la taxe *Batman* qui va financer *Astérix*, mais aussi Desplechin, Assayas, Guédiguian. Tout le village gaulois boit la potion magique des Amerloques. Quand le monde entier se laisse ratiboiser, on est les seuls à résister ! À chaque fois que je prononce les mots « exception culturelle » devant des Américains, c'est comme si je disais le nom d'un pirate sanguinaire. Ils ont *Les Dents de la mer*, ils ont *La Guerre des étoiles* et *Apocalypse Now*. Mais nous avons le CNC. Et ça les fait trembler d'une indignation – comment dire ? – admirative. Oui, les Américains nous envient. Pas nos films, ça c'est fini depuis longtemps. Mais l'avance sur recettes… ils ne l'auront jamais. Ça, c'est à nous. Et ils le savent.

Bon, pour être honnête, le CNC, ce n'est pas pour vous, vous n'avez pas « la carte », vous n'êtes pas des « auteurs ». Il faudra trouver autre chose. Pourquoi je vous explique tout ça, si ça ne vous sert à rien ? C'est ce qu'on appelle la culture, non ?

[Question d'un étudiant : « Et le crédit d'impôt ? Comment vous avez fait ? »]

Le crédit d'impôt ? C'est trop gros pour vous, ça, c'est trop tôt. T'es gourmand, c'est bien, t'es pressé. Cette année moi je tente le jackpot avec *Valérian*, autant dire que je déclare la guerre mondiale aux Américains, mais aussi aux Chinois, en fait à tout le monde. Deux cents millions d'euros de budget. Si je réussis mon coup, j'aurai droit à la Légion d'honneur, je serai le premier Français à mettre le pied sur Mars, en attendant on m'offre un peu d'oxygène : trente millions d'abattement sur mes charges. Mais regarde le temps qu'il m'a fallu. Faut avoir les yeux plus gros que le ventre, je dis pas le contraire, mais là vraiment. T'es qu'en première année, laisse tomber.

Audition de Dimitri Koulechov

« Un million ?

– Je sais.

– Tu sais quoi ?

– Ce que vous allez dire. Mais un million, dans le cinéma, c'est rien, c'est le ticket d'entrée. En dessous t'es pas crédible.

– Un million !

– C'est indécent, le salaire des stars…

– Et vous comptiez la payer comment, Deneuve ?

– Avec les bijoux du braquage…

– Attends, c'était ça, votre plan ? Deneuve monte au braquage sans s'en apercevoir, parce qu'elle croit qu'elle tourne un film, puis pour la remercier d'avoir volé les bijoux, vous les lui offrez ? C'est complètement con.

– Peut-être, mais ça marche. Ça s'appelle l'avance sur recettes.

– Pourquoi une arme, alors ?

– C'est l'aide automatique.

– Il suffisait de laisser Deneuve emprunter des bijoux, comme elle le fait d'habitude pour la montée des marches, et de l'attendre quelque part entre la suite Chopard et le Palais, dans un couloir, un ascenseur, dans sa chambre, n'importe où.

– Vous nous prenez pour qui ? Des voleurs ? Ce qu'on voulait, c'était pas les bijoux, mais elle. Je veux dire, pour notre film. Les bijoux, on s'en foutait, on comptait les rendre. C'était juste pour la convaincre.

– La convaincre de quoi ?

– De financer notre film.

– Comment tu peux financer si tu rends les bijoux ? Me prends pas pour un con, ça tourne en rond, ton truc.

– C'est la beauté de la chose. On appelle ça se mettre en participation.

– Participation ?

– Ben oui. Après le braquage, soit on rendait les bijoux, et elle se mettait en participation dans notre film – elle tournait gratuitement. Soit on ne les rendait pas, et ça allait être compliqué pour elle de se promener tranquillement après avoir été filmée par la vidéosurveillance.

– Je vois. Du chantage.

– Pas du tout. On ne l'a pas fait !

– Parce que vous n'avez pas eu le temps. Elle vous a glissé entre les mains. À mon avis, vous vous êtes fait doubler. Comme on dit chez nous : « Entre enculés, y a pas de doublure. » Le braqueur braqué. L'arroseur arrosé. Classique. Vous en avez parlé à qui, de votre coup ?

– À personne. À part elle, et nous.

– T'es sûr ? Réfléchis bien. Parce que si t'as vraiment personne d'autre, tu sais comment c'est, c'est vous qui allez prendre.

– C'est ridicule. On n'a rien fait.

– Vous n'avez pas rien fait ; vous n'avez pas réussi, ce n'est pas la même chose. Une infraction manquée est assimilée par le code pénal à une tentative interrompue. Celle-ci est alors punissable sous la qualification d'infraction tentée. Il est un peu tard pour t'expliquer ces subtilités juridiques, alors on va te conduire au dépôt. Ton frère y est déjà. Vous allez découvrir pourquoi on dit aussi "la souricière". Allez, bonne nuit, Ratatouille. Et surtout : bonne chance. »

J'avais faim
Et tous les jours et toutes les femmes dans les cafés et tous les verres
J'aurais voulu les boire et les casser
Et toutes les vitrines et toutes les rues
Et toutes les maisons et toutes les vies
Et toutes les roues des fiacres qui tournaient en tourbillon sur
les mauvais pavés
J'aurais voulu les plonger dans une fournaise de glaives
Et j'aurais voulu broyer tous les os
Et arracher toutes les langues
Et liquéfier tous ces grands corps étranges et nus sous les vêtements qui m'affolent...
Je pressentais la venue du grand Christ rouge de la révolution russe...
Et le soleil était une mauvaise plaie
Qui s'ouvrait comme un brasier.

Blaise Cendrars,
La Prose du Transsibérien et de la petite Jehanne de France

JE NAGE AU MILIEU DES CENDRES DES PONTS QUE J'AI BRÛLÉS

Catherine D sort du Martinez d'un pas vif, et monte à l'arrière d'une berline noire. Elle se retrouve à côté d'une silhouette massive en costume traditionnel des Émirats, longue robe blanche, keffieh et Ray-Ban. Après un silence d'observation réciproque, l'homme émet un rire caractéristique…

« Gérard ? Mais qu'est-ce que tu fais là, dans cet accoutrement ?

– Je joue dans un petit truc pour Mocky. On s'amuse comme des fous, on tourne sans autorisation.

– Pourquoi en émir ?

– Pas en émir : en Michael Jackson déguisé en émir. Il paraît qu'il faisait ça, pour sortir acheter des DVD en toute discrétion. Personne ne me reconnaît, j'ai jamais été aussi peinard à Cannes. Je crois que je vais le faire plus souvent.

– C'est drôle, moi aussi je tourne un truc idiot. Mais je ne comprends pas, qu'est-ce que tu fais dans ma voiture ?

– C'est toi qui es montée dans la mienne.

– Tu ne joues pas dans le même film que moi, quand même ?

– C'est quoi, ton film ?

– Une histoire de braquage. Tournée par des petits jeunes qui se prennent pour Godard ou Duras ou Michael Mann, ils ne savent pas très bien, ils hésitent encore, mais ils sont gonflés.

– Tu t'amuses ?

– Oui, beaucoup.

– C'est ce qui compte. Dis donc, tu as reçu ma proposition ?

– Pour être franche avec toi, je n'aime pas du tout l'idée de jouer dans un film intégralement financé par les téléphones portables !

– On est des dinosaures, Catherine. Tout ce qu'on peut faire, c'est vendre cher notre disparition.

– C'est le *Truman Show,* ton truc. Je refuse. Au fait, dis-moi, on m'a raconté que tu t'étais très mal comporté avec cette malheureuse Madeleine.

– Qui t'a dit ça ?

– Peu importe. On m'a dit que tu avais été... méchant, d'accord, mais pourquoi cruel ?

– Je ne sais pas. Parce que.

– Parce que quoi ?

– Parce que je pouvais, voilà ! Arrête avec ça, maintenant, c'est bon, c'est réglé.

– Tu lui as envoyé des fleurs ? Avec un petit poème : "Pardon ma Madelon, voici des liserons. Je suis impardonnable, je te demande pardon..."

– Non, pas des fleurs. Le bruit court qu'un émir chercherait à lui racheter sa maison en viager, et sa société via un prête-nom au Panama. Mais ce n'est qu'une rumeur.

– Tu es incorrigible. De pire en pire. »

Le chauffeur dit sans se retourner :

« Qu'est-ce que j'apprends, monsieur Depardieu, vous n'avez pas été gentil avec ma vieille copine Madeleine ?

– Vincent, tu dis pas bonjour à Catherine ? »

Le chauffeur se retourne. Vincent Cassel.

« Bonjour Catherine.

– Vincent, quelle surprise ! Je croyais que tu étais en train de tourner à Londres, cette superproduction américaine, là.

– Oui. J'y suis. Enfin j'y étais, mais je me suis tiré. J'en ai marre de tuer des gens. J'en peux plus. C'est mauvais pour le karma, je suis sûr. J'ai appelé Laurent, mon agent et je lui ai dit : "Je veux plus. Je veux plus tuer personne." Ils voulaient que je bute deux mecs en leur tirant dans le dos, comme ça. J'ai dit à Laurent : "Dis-leur de réécrire leur merde, là, moi je veux bien jouer mais un, je tire pas dans le dos, et deux, je tue plus personne, j'ai passé l'âge, ça me soûle." Débrouille-toi avec ça.

– Et tu les as plantés comme ça ?

– Gérard m'a dit : "Viens, on va se marrer, je tourne avec Mocky." Alors me voilà. De toute façon je devais venir pour le film de Dolan la semaine prochaine, *Juste la fin du monde*. Alors un peu plus tôt…

– Vincent le bondissant… Tu crois vraiment qu'ils vont réécrire le scénario pour toi ?

– Je m'en fous, si tu savais. J'en peux plus de toute cette violence.

– C'est marrant, dit Catherine, en sortant l'arme de son sac, qu'elle montre à Vincent dans le rétroviseur. Moi je viens de braquer Chopard.

– Wowowo ! Attention avec ça, on dirait un vrai. »

Catherine sort le collier qu'elle vient de braquer, le met autour de son cou :

« L'arme, je ne sais pas. En tout cas, ça c'est un vrai ! »

Vincent siffle, admiratif. Gérard soupèse l'arme :

« Le flingue, c'est un faux. Si tu veux voir un vrai, je peux te montrer. Vincent, viens, on va voir mon pote à Nice.

– L'ancien braqueur qui fait des raviolis ?

– Non. L'ancien flic, qui collectionne les armes. On va apprendre à Catherine à tirer.

– Oh oui, Vincent ! Emmène-nous à Nice, je veux essayer.

– J'y crois pas, même toi Catherine ! Au moment où je laisse tomber les flingues, toi tu les ramasses... Ce monde est vraiment devenu dingue.

– Oh ça va, moi aussi j'ai le droit de faire n'importe quoi. Tiens, Gérard, le film que je tourne, c'est avec des étudiants de Besson. Deux frères. Quand ils m'ont démarchée, au début ils m'ont dit que c'est toi qui me les envoyais. Tu les connais vraiment ? J'ai failli t'appeler pour vérifier, mais tu ne réponds jamais, on ne sait jamais où tu es.

– Moi non plus. Mais maintenant qu'on est là, raconte un peu. C'est quoi leur truc, exactement ?

– Les amis, je crois qu'on est suivis !

– Oh oui vas-y Vincent, sème-les ! Ça fait tellement longtemps que je rêve d'une scène de poursuite !

– Tu me portes la poisse, Catherine. Moi qui comptais me détendre. En ce moment, je suis condamné aux scènes d'action. Mauvais karma, je vous dis. Bon, attachez vos ceintures. On va la faire *free style*, à la Jason Bourne. »

ONE YEAR LATER
(UN AN PLUS TARD)

François Truffaut : « Il y a toujours ce rêve, tu sais, au fond de mon esprit, un rêve que je partage avec presque tous les cinéastes du monde entier, j'imagine. Même un homme comme Dreyer, un homme aussi sérieux et austère que Dreyer, a rêvé toute sa vie de Hollywood. [...] Avant la fin du siècle, quoique la télévision soit en principe destinée à toute la famille, le sexe et la violence se seront frayé un chemin dans tous les foyers. »

Confidentiellement vôtre, de Marcel Ophüls

PILOTE
« Une fille et un flingue »

Catherine Deneuve chez elle. Dans sa salle de bains, des produits de beauté [ ]. Elle porte un peignoir [ ]. Elle pose ses lunettes [ ], met des lentilles [ ]. Puis enfile un jean [ ]. Des chaussures [ ]. Allume la radio, elle écoute [ ] en lisant la presse, quotidienne [ ], hebdo [ ], et en buvant un café [ ]. Un smartphone [ ] posé sur la table [ ] vibre, un SMS du service de taxi [ ]. Elle ferme sa valise [ ], prend son sac à main [ ]. Au moment de sortir, elle se ravise, retourne dans la salle de bains pour se mettre une goutte de parfum [ ] dans le cou.

Le taxi règle son GPS [ ] direction l'aéroport [normalement Orly-Ouest, à préciser]. Rêveuse, elle observe le monde autour d'elle : les panneaux publicitaires sur le périph' [là, c'est vendu d'avance], puis sur l'autoroute toutes les marques au sommet des tours, tous les entrepôts des grandes enseignes [là, on se régale aussi], enfin à l'approche de l'aéroport, les hôtels [partenariats à préciser].

Dans l'avion, elle regarde un épisode de [ ] sur son portable grâce à l'application révolutionnaire [ ]. À Nice [là, on n'a pas le choix], une voiture l'attend. C'est une [ ] siglée festival de Cannes qui l'emmène vers son hôtel, le [ ]. On la retrouve dans sa chambre, sur le balcon, une cigarette [ ] aux lèvres, une coupe de champagne [ ] à la main. Munie de ses lunettes de soleil [ ], elle regarde les nuages qui passent… là-bas… là-bas… les merveilleux nuages !

[« J'avais dit : un texte un peu littéraire. Tu appelles ça "littéraire" ?
– Ben oui, un peu ; la fin quand même. Baudelaire, les nuages… »]

« Une fille et un flingue »
Director's cut

[Gérard face à un miroir dans une chambre du Martinez. Il s'adresse à la caméra qui filme son reflet.]

Moi, un braquage ? Non mais tu m'as regardé ? Dans n'importe quelle daube pour la télé, je touche un million pour quatre jours de tournage, pourquoi tu voudrais que je m'emmerde à braquer ? Par goût du risque ? J'en viens du risque, j'ai grandi dedans, et du pas beau, hein, du qui finit entre quatre murs avec les yeux de ta mère pour pleurer. Tu crois que ça m'excite, l'idée de menacer un larbin pour lui voler des boucles d'oreilles ? En plus d'être lâche, c'est con. Je croyais que la France m'avait tout fait, mais elle me gardait une surprise pour le dessert. Non mais sans rire, tu mérites le détour. Je vais te coller une pancarte et organiser des visites.

T'as un film où Catherine a l'air de participer à un braquage ? La belle affaire. Qu'est-ce que ça prouve ? Dans *1492* moi aussi j'ai été filmé en train de débarquer de ma caravelle. Ça fait pas de moi Christophe Colomb. Nous les acteurs, on a l'air. C'est notre métier, tu comprends ? Peut-être que dans dix mille ans, des extraterrestres dans ton genre retrouveront une copie du film, et croiront que c'était un documentaire ; qu'en 1492, non seulement j'ai découvert l'Amérique, mais inventé le cinéma.

C'est comme toi. Qu'est-ce qui me dit que t'es vraiment flic ? Ta carte, ça prouve rien, j'avais la même dans *Police.* « Tu fermes la porte, et tu fermes ta gueule. » Alors dis-moi où tu veux en venir, et on pourra y aller ensemble.

Que je reprenne depuis le début ? Tu me fais penser à cet enfoiré de Francis Veber. Une fois, il m'a fait refaire une prise quarante-trois fois. Pour me punir. Me souviens plus de quoi. Mais lui, c'était Francis. C'était mon pote. Toi, t'es qui ?

[Il prend l'arme posée devant lui, se retourne, vise la caméra et fait semblant de tirer, style cow-boys indiens.]

Quand j'étais gamin, je dis pas. Je manquais de tout, de l'outil d'expression, de morale, de jugeote, j'étais sur la pente. Mais maintenant, je l'ai remontée. Mon premier vrai hold-up, c'était au cinéma avec Bertolucci et De Niro, sur *1900*. J'étais rien, j'étais personne, mais quand je suis arrivé sur le tournage, j'ai vu la caravane de Bob, j'ai demandé la même ; quand j'ai su son salaire, j'ai demandé le même, cent vingt mille dollars, à prendre ou à laisser. Comme m'a dit un jour ma femme : « À quoi bon attaquer les banques en vrai, si tu peux les attaquer à l'écran avec l'approbation de tout le monde ? » Elle avait senti que le voyou en moi n'attendait que d'entendre la voix de son maître. Et mon maître, c'est la fiction. Après c'est vrai, on peut dire j'ai braqué les mots des autres, pour remplacer ceux que je n'avais pas. Mais les mots des autres ne leur appartiennent pas non plus, ils appartiennent à qui les comprend. Marlon Brando, avec *Superman*, pour douze jours de tournage, il a pris quatorze millions de dollars. Quand il est rentré dans son île à Tahiti, il a demandé à son pote-barman-employé en sirotant la margarita qu'il venait de lui servir : « Douze jours de travail, quatorze millions en cash sur la table, qui mérite autant d'argent ? » L'autre réfléchit : « Personne de ma connaissance. » Brando conclut : « Comment en est-on arrivés là ? » Tu le sais, toi ? Moi non plus.

[Il pose l'arme sur sa tempe. La caméra recule.]

On dit ami des voyous, on dit Castro, Poutine. Depuis Châteauroux, moi je suis toujours le même, j'ai juste changé d'échelle. À l'époque je trafiquais un peu avec les Américains de la base militaire, maintenant je trafique plus vraiment : je fréquente. Et puis des voyous, qu'est-ce que ça veut dire ? Roosevelt et Churchill aussi étaient des voyous, buveurs, baiseurs, menteurs, avec un grand sens de l'humour. Hitler, pas du tout, complètement incapable d'être un voyou digne de ce nom, persuadé de sa grandeur, et d'avoir le droit pour lui. Alors que le voyou, jamais il n'aura la mesquinerie de s'abriter derrière le droit, même pas celui du plus fort. Il sait que tout ça, ça dure pas, c'est juste une question de temps. Le voyou, il prend sa chance et il y va, jamais sûr d'en revenir. Le panache, si on veut. Pas toujours, hein, faut pas non plus exagérer, un voyou c'est quand même le plus souvent minable, et très con, même si pour le coup, c'est la vie qui a commencé.

Alors c'est vrai, j'aime bien les dictateurs et les mecs à pognon. C'est mon vice. Ils m'intéressent parce qu'ils sont tous travaillés par un désir énorme qui les emporte. Ils sont comme des antennes, ou des paratonnerres qui aiment sentir la foudre. Je suis comme eux, avec les mots. Moi c'est Molière qui me fait quelque chose. Comme une gorgée de [passito] ou de [saint-amour]. Je le sens passer.

[Il vise à nouveau la caméra, qui tremble légèrement.]

La différence avec eux, c'est que je n'aime pas le pouvoir. Je n'aime dominer personne, ni les autres ni moi-même. Je n'ai aucun goût pour la violence. Je suis un rêveur, t'as toujours pas compris ? Une âme de gonzesse, déguisée en déménageur pour qu'on lui foute la paix. Alors circule, y a rien à voir. Avant que je t'en colle une.

[Il range l'arme dans sa ceinture. Sort de la chambre. La caméra le suit dans le couloir.]

La victime, au cinéma, crois-moi sur parole, c'est toujours l'assassin. Pour assassiner à l'écran, il faut susciter en soi des choses très violentes, proches de l'assassinat réel. Tu sais, moi, les flingues… J'ai toujours trouvé ça déplacé, même à la chasse. À l'époque où je suivais l'AJ Auxerre, souvent après les matchs on prenait l'avion de Bourgoin, il se pilotait tout seul, on débouchait quelques grands crus, et quand on atterrissait, surprise du chef, à Cuba, en Pologne, en Afrique ou ailleurs, on partait à la chasse au lion ou à la perdrix, ou à n'importe quoi du moment que ça se cache et que ça fuit, qu'on peut courir après, la chasse ça te file tes plus grandes joies… Et puis la trouille aussi, parce que sans fusil… Pire que dans une arène. Pété comme un coing, seul dans la savane sur les traces du roi Lion, avec mes potes armés jusqu'aux dents, les dents du fond qui baignent, et moi les mains vides… J'aime pas tuer ce que je mange pas. Entre animaux, on se respecte. T'as déjà tué un animal ? C'est pas du cinéma, mais ça te donnera une idée. Faudrait te filer combien pour que tu trouves le courage ? Un million, c'est ni trop ni trop peu, c'est simplement le prix. C'est un métier où on prend cher. Notre salaire est un *pretium doloris*, un dédommagement comme après les accidents. Je ne dis pas que les gens ne souffrent pas, mais que leur souffrance n'est utile à personne. Alors que nous, les acteurs, tout ce qu'on fait, on le fait pour vous, en votre nom. Tu donnerais quoi comme salaire au Christ, si c'était son métier ? Tu vois, c'est pas chiffrable.

[Il s'arrête devant les ascenseurs, appuie sur un bouton. La caméra s'approche de lui.]

On vit à votre place parce que vous n'osez plus le faire. Vous nous payez pour ça : pour vivre à travers nous, par procuration, et je vais même te dire : par contumace.

[Il monte dans l'ascenseur. La caméra est serrée contre lui.]

Bon mais après tout le monde te connaît, veut un petit morceau de toi, t'imite, même toi tu tombes dans l'autoparodie. Quand tu te mets à te ressembler, c'est fini. Par exemple maintenant j'évite de dire « bite » ou « couilles », la faute à Blier, il adorait me faire dire des saloperies. Ça le faisait marrer. Tiens, salut Isabelle, je t'avais pas vue.

[Isabelle Huppert, avec un caméraman qui la filme.]

– Salut Gérard.
– Je parlais de Blier.
– J'ai entendu.
– Toi aussi, tu tournes un truc ?
– Oui, tu sais, avec mon coréen. Six jours à Cannes, on improvise. J'adore.
– Bon on vous laisse travailler.

[Il fait signe à la caméra de le suivre et sort de l'ascenseur. Dernier étage du Martinez. Son arme à la main, il entre dans la suite de la bijouterie en ignorant les vigiles, tranquille, et s'approche de l'employé qui le salue : « Bonjour monsieur Depardieu ».]

Bonjour mon gars. [Il s'adresse de nouveau à la caméra.] Non, là tu vois il a pas peur. Tu veux vraiment que je lui mette les foies ? Regarde. Tout est dans la psychologie. Pas la mienne, la sienne.

[Il pose l'arme devant lui.]

Là il se dit : « Bon c'est Depardieu, je le connais, il est connu, il ne peut rien m'arriver. En même temps ces acteurs stars ils se croient tout permis, ils sont un peu dingues, ils ne pensent pas comme nous, surtout lui. » Tu vois comme sa tête change ? Là il commence à gamberger sévère, il se dit : « Moi je ne prendrais jamais le risque de faire un braquage en plein jour, ou de buter un type de sang-froid, mais lui, il paraît quand même qu'il pisse sur les hôtesses dans les avions, qu'il s'endort en scooter, qu'il mange les steaks crus à même la bête... » Là, tu vois il commence à perler, il a l'angoisse qui se noue tranquillement, on dirait un merlan qui sent qu'il va se faire frire. Regarde-moi ces yeux. Il est à point. Il sait que je suis capable de tout... Alors qu'est-ce qu'il fait ? Je t'ai posé une question.

[L'employé répond : « Je ne sais pas. »]

Il se dit : « Je vais quand même pas crever pour mon salaire de misère. Je vais pas risquer ma vie connement en donnant l'alarme. » Il se dit : « Ce gars il connaît Poutine. Un coup de fil et je me retrouve avec la cervelle sur le mur, ou du polonium 210 dans le [Flanby]. » Il se dit tout ça, ça va à toute vitesse dans sa petite tête, alors comme il préfère la vie, il arrive à une conclusion simple, il va chercher les clés du coffre, il sort tous les bijoux, et il fait plaisir à la star. C'est comme ça. C'est pas comme ça ?

[L'employé : « Si bien sûr, monsieur Depardieu. »]

Et ne m'appelle pas monsieur. On est entre nous.

[L'employé tétanisé s'exécute. Depardieu se marre.]

Tu vois, il a vraiment la trouille, ce con. Je lui ai juste fait mon Depardieu. Tu comprends pourquoi on me paie une blinde ? Avec moi, tout le monde joue bien. Pas besoin d'engager d'autres acteurs.

[L'employé rapporte les bijoux du coffre et les pose près de l'arme, craintif. Depardieu prend délicatement la parure posée devant lui, calcédoine et saphirs, l'observe avec soin. Puis la repose et s'en va, sans reprendre son arme, ni se retourner vers la caméra, qui reste plantée là.]

Alors franchement… moi, un braquage ? Non mais tu m'as regardé ?

Chère Catherine D,

Vous me dites que des imposteurs se sont fait passer pour moi afin de faire un film. Je suis heureux de constater que mon nom peut encore servir de sésame, et vous confirme par la présente qu'ayant pour ma part toujours souffert d'un fort sentiment d'imposture, il y a de fortes chances pour que ces individus soient plus proches de la vérité de ma personnalité que je ne saurai jamais y prétendre moi-même. Pour connaître un homme, la légende n'est pas à mépriser, et ces jeunes gens, en ayant réussi à se faire passer pour moi, nous en ont appris davantage sur ceux qui les ont crus que sur moi ou sur eux, ils ont agi comme des révélateurs photochimiques, et j'avoue que je ressors de la lecture de leurs méfaits à la fois renseigné, amusé et heureux du pouvoir qu'on continue à me prêter dans une proportion inverse de l'argent qu'on serait prêt à me confier pour faire un film.

Le cinéma, j'ai toujours trouvé que sans faire grand-chose, ça finissait par faire un petit quelque chose, comme Giacometti dans son atelier tripotait de la terre sans bien savoir pour quoi. C'était comme ça aussi pour moi, beaucoup. Écrire m'a toujours été difficile, les mots n'ont jamais été mon truc, dès que je tombais sur une phrase, il fallait que je la retourne, pour voir si elle n'était pas mieux dans l'autre sens. « Une image juste » ou « juste une image ». À l'envers, c'est quand même plus intéressant. Ma femme m'appelle « Au contraire », et je dirais même plus, comme les Dupondt dans Tintin, *« Bien au contraire ». C'est pourquoi le scénario n'a jamais été ni ma préoccupation, ni mon fort. À mon époque, il n'y avait pas besoin de scénario pour tourner un film. Il fallait juste assez d'argent pour payer le timbre du CNC, et quelqu'un pour faire des chèques. J'ai même connu un producteur qui faisait des chèques de la Banque de l'Indochine. Le temps que le chèque arrive là-bas et que le refus de la Banque revienne, ça permettait de commencer à tourner, et une fois que c'était parti… Comme chez Galilée : on n'avait pas d'argent, et pourtant on tournait.*

« À certaines heures de la nuit », comme dit Johnny Hallyday dans cette très belle chanson que lui a écrite Michel Berger, je suis saisi par le sentiment d'avoir moins vécu qu'assisté à ma vie. Artaud disait : « J'assiste à Antonin Artaud. » Moi ç'aura plutôt été un film sans scénario, au fond un peu comme un film de Godard, mais sans Godard.

Monter un film ou monter un hold-up, tout le monde vous dira que ça demande à peu près les mêmes qualités ou défauts, et qu'on puisse m'attribuer un coup aussi fumeux m'enchante. J'ai toujours aimé les fumistes. Du temps où je vivais de mes articles, j'ai moi-même rédigé de fausses interviews de Renoir et de Rossellini, dont ils auraient été très contents, je crois.

Voilà pourquoi je ne saurais, comme vous me le proposez pourtant si gentiment, porter plainte pour usurpation d'identité contre ces enfants dont vous me signalez les agissements. Il me semble bien au contraire *que je devrais les féliciter chaleureusement d'avoir remis un peu de cinéma dans une vie qui en manque cruellement, un peu d'action dans un monde qui meurt dans ses pantoufles devant la télé, et surtout les remercier d'avoir réussi à faire croire qu'il pouvait y avoir un scénario dans un film de Godard.*

J'entends d'ici le rire de Truffaut, lui croyait beaucoup aux histoires, il les racontait très bien. C'était un libraire raté. Moi c'était la peinture, je veux dire le cinéma pour le cinéma, pas pour ce qu'on met dedans. Si j'avais su faire un scénario, je crois que j'aurais plutôt écrit des livres. Ou des poèmes. Ou j'aurais fait des films moins bien faits, comme Truffaut. Mais Truffaut, s'il avait su mieux filmer, aurait certainement moins bien écrit. C'est une question de justice naturelle. On s'est fâchés pour des raisons qui nous dépassaient comme personnes. C'étaient comme deux idées du cinéma qui se croyaient irréconciliables et qui s'affrontaient à travers nous. Hegel dit des grands hommes qu'une fois que l'Histoire s'est servie d'eux pour accomplir ses buts propres, ils tombent comme des douilles vides. Truffaut est tombé le premier, parce qu'il avait fini. Moi je n'ai jamais trop su ce que je faisais, donc ça prend plus de temps. Je ne suis pas un grand homme, ni un homme juste, juste un homme petit. Peut-être pas un homme gentil, mais j'espère un gentilhomme.

La férocité de la Nouvelle Vague était d'apparence, de principe, parce qu'il y avait trop de choses défendues à l'époque. Tourner avec une chemise blanche, c'était interdit, il fallait une chemise bleue. Ce genre de choses. Ce n'était pas méchant, c'était joyeux surtout. Après on s'aperçoit que les chemins permis, c'est encore plus difficile que les chemins défendus. Comme disait Rossellini, « vous pouvez ridiculiser quelqu'un et, en même temps, avoir de la tendresse. Vous pouvez même le traiter d'une façon apparemment très cruelle. La tendresse, c'est la vraie position morale. Je ne sais pas reconnaître comme forme artistique véritable quelque chose qui manque de tendresse ». On n'a pas compris ma dispute avec Truffaut. Ce n'était pas sérieux.

Avec Truffaut on a rêvé d'amitié ensemble, devant les mêmes films. C'est Rohmer qui en a le mieux parlé : « Ces années ont été, non pas malheureuses, mais assez grises. À qui nous demandait : "Mais de quoi vivez-vous ?", nous aimions répondre : "Nous ne vivons pas". » On a connu les mêmes filles, l'amitié n'y survit pas. Et puis Truffaut avait déjà Rivette, ils signaient leurs entretiens ensemble : « Truffette et Rivaut », parce qu'ils ne l'étaient pas, rivaux, justement, alors que nous si. On a failli faire les mêmes films. Le Mépris *de Truffaut, vous y avez échappé d'un cheveu. Moravia lui avait proposé de me remplacer juste avant le tournage, parce que je sortais d'un bide. François l'a envoyé paître. Je lui dois aussi le scénario de mon seul vrai succès :* À bout de souffle, *c'était de lui – ça tenait sur une page, mais enfin, comment lui pardonner ? On aurait pu faire de grandes choses ensemble. Vous imaginez le croisement de* Pierrot le fou *et de* La Nuit américaine ? *Entre moi qui dis : « C'est comme une bataille, un film », et Truffaut qui dit que c'est plutôt « comme un train, tu comprends, comme un train dans la nuit », si on s'y était mis à deux, au mieux on aurait fait* La Bataille du rail. *René Clément, franchement. Truffart et Godaut, les Bouvard et Pécuchet de la Nouvelle Vague. Abel et Caïn, c'est quand même autre chose. Il fallait qu'on se brouille, pour le bien du cinéma français, et pour le nôtre.*

Ce qui est vraiment dégueulasse, c'est que plus personne aujourd'hui n'est prêt à se fâcher pour un film ou un livre. J'aimais beaucoup Truffaut. Mais je ne peux pas le dire, je dois rester dans mon personnage jusqu'au bout. Ça le rend beaucoup plus sympathique que moi, et bien plus qu'il n'était. Je lui dois bien ça. Quant aux frères Koulechov, il les aurait traités avec indulgence, comme nos héritiers insolents. Et même avec reconnaissance, car en remplissant leur devoir d'irrespect, ils nous protègent, à leur manière – de la nostalgie.

Sans regrets,
Jean-Luc

Catherine D entre au Carlton. Elle porte des lunettes noires qui lui mangent le visage, comme dans un film italien. Elle cherche quelqu'un. Un homme mince, la quarantaine bronzée, l'air américain, s'approche d'elle discrètement. Elle lui glisse une enveloppe bleu nuit, un peu froissée, où un disque de cire rouge se détache comme une lune de sang dans le ciel nocturne. Il la fait aussitôt disparaître dans la poche de son smoking, et se dirige vers les ascenseurs.

[CUT TO :]

On la reprend quand elle entre dans la salle de presse du Palais des festivals, le brouhaha cesse aussitôt. Elle rejoint sa place sur l'estrade. Un journaliste se lève. Micro :

« Bonjour Catherine. Est-ce que vous pouvez nous dire un mot de ce film si mystérieux, où vous jouez, dit-on, votre propre rôle ? »

Elle allume une cigarette. Un photographe la cadre avec le panneau d'interdiction de fumer juste derrière elle. Il fait le point… clic ! Sur sa cigarette au moment où elle inspire. Elle se rapproche du micro. Clac ! De sa bouche sort dans un rond de fumée :

« Non. »

Rires dans la salle. Elle sourit :
« Voilà, un mot. Une autre question ? »

Terrasse du Martinez. Plateau spécial Cannes

« Bonsoir Catherine. Vous êtes à Cannes aujourd'hui pour votre première réalisation, *Une fille et un flingue*, présentée hors-compétition dans la section *Un certain regard*. On dit que vous avez refusé de présenter votre travail en compétition, alors que, c'est l'avis général, il mériterait un prix.

– Le mérite, je trouve ça affreux. On n'a jamais ce qu'on mérite. Je crois que le monde est beaucoup plus complexe que ça, plus violent, instable…

– D'où le “flingue” ?… Vincent Cassel fait une courte apparition, un rôle de faux chauffeur lassé de la violence au cinéma. C'est un film à message ?

– C'est vrai qu'on a tourné dans Cannes un peu comme Jafar Panahi a tourné *Taxi Téhéran*, dans son faux taxi, dans cette économie, pour saisir ce que Duras aurait probablement appelé “la brocante de Cannes”, toute cette mise en scène…

– La mise en scène, venons-y. Arnaud Desplechin dit que vous avez toujours été un des plus grands réalisateurs français, que d'une certaine manière vous êtes l'auteur de tous les films dans lesquels vous avez joué.

– Arnaud dit beaucoup de choses. Je ne suis pas l'auteur de toutes ses phrases !

– Comment vous est venue l'idée ?

– C'est très mystérieux. Elle m'est littéralement tombée du ciel. La nuit, comme je dors peu, je fume. Et quand je fume, je pense. Ou disons que ça pense en moi. Antonin Artaud a écrit un jour : "J'assiste à Antonin Artaud." Pour écrire une phrase pareille, il faut être complètement cintré, non ? Une nuit, en regardant une série américaine, j'ai eu l'idée de ces deux frères…

– Les frères Koulechov, qui sont prêts à tout pour faire du cinéma. Ils vous promettent un million pour tourner une scène de trois minutes. Une scène de braquage. Et d'une certaine manière, c'est vous qui financez le film puisque…

– Il ne faut pas tout dire.

– Ils existent ?

– Non, ils n'existent pas. Pas encore. Pas vraiment.

– On dit que la BRB, la Brigade de répression du banditisme, vous a entendue pour une affaire très similaire…

– On dit beaucoup de choses.

– Dans un autre registre, vous-même disiez d'ailleurs qu'au cinéma, à la différence du théâtre, il y a des garçons et des filles, il n'y a pas des hommes et des femmes.

– Ben oui, c'est vrai !

– Et que Mastroianni ne tenait pas à être un homme ; il restait un garçon et ça lui suffisait. Et vous étiez une fille, et ça vous plaisait. »

[Elle sourit.]

« Oui, oui. C'est vrai que je fais souvent cette distinction-là.

– La “fille” du titre, c’est vous ?

– Pas seulement. C’est aussi un hommage à Godard, avec qui… mais c’est une longue histoire.

– Godard, Truffaut, vous diriez que c’étaient des voyous ?

– Simone de Beauvoir dit quelque part d’Albert Camus qu’il avait un charme de voyou. C’est exactement ça. Truffaut avait la même chose. Le charme, sans les crimes.

– Il paraît que vous avez refusé d’être payée, que vous avez tourné entièrement avec votre téléphone portable pour un budget très modeste. Gérard Depardieu, Dominique Besnehard, qui joue son ancien rôle d’agent, et même Steven Spielberg… Tout le monde est en participation. C’est la fin des salaires excessifs des stars ?

– Les stars ont toujours mérité leur salaire. *La Folie des grandeurs* sans Louis de Funès, ce serait comme *King Kong* avec un ouistiti.

– Mais vous venez de…

– De dire le contraire, je sais. Mais là ce n’est pas un film, c’est une série, diffusée exclusivement sur les portables. On est dans une autre économie. Tout le monde l’a bien compris.

– C’est d’ailleurs la première fois qu’une série *mobile only* est présente en sélection officielle. On ne vous attendait pas forcément en réalisatrice, encore moins en ambassadrice de séries pour téléphones portables… C’est un peu déroutant, pardon d’être aussi…

– Ne vous excusez pas. En tant qu’invitée, je préfère être un peu bousculée, à la condition que ce soit en direct, comme maintenant. Sinon, ça n’a plus rien à voir avec la réalité du moment. Vous avez raison, les séries, les portables, c'est plutôt un truc de jeunes. Il faut s'adapter ou mourir. Vous-même…

– Parlez-nous plutôt de la magnifique parure que vous portez ce soir. Elle a appartenu à Elizabeth Taylor, c'est bien ça ? On l'estime à plus de vingt-cinq millions d'euros.

– Tout de même…

– Vous avez gardé un bon souvenir de ce tournage ?

– Oui. Puisque j'ai gardé les bijoux. »

[Rires.]

« Je rappelle que dans cette série vous jouez votre propre rôle, une star prête à tout pour financer le dernier film de Jean-Luc Godard. On découvre une femme menteuse, manipulatrice, violente…

– C'était vraiment formidable. Actrice, le plus souvent, ce n'est qu'un métier de marionnette. Mais bon sang, comme disait Truffaut… Deux secondes, qu'est-ce qu'il disait, déjà, François ? »

[Elle s'interrompt pour consulter son texte, puis reprend.]

« … Bon sang, comme disait Truffaut : “Catherine n'est pas une fleur. Une femme, une fleur, c'est idiot. Pas plus un bouquet. Catherine est plutôt un vase, dans lequel le spectateur place le bouquet.”

– Drôle de bouquet : vol à main armée, association de malfaiteurs, abus de notoriété… On découvre une facette totalement inconnue de votre personnalité. Vous n'avez pas peur que… »

[Elle sort une cigarette, qu'elle porte à ses lèvres.]

« Peur ?…
– Que les gens confondent la réalité et la fiction, qu'ils croient que vous êtes vraiment capable de… »

[Elle sort un briquet.]

« Je suis désolé, Catherine, mais sur ce plateau hélas ! on ne peut pas…
– On ne peut pas quoi ? »

[Elle approche le briquet de la cigarette, qu'elle fait semblant d'allumer. Elle inspire, ferme les yeux, puis recrache avec délice sa fumée imaginaire, comme dans un film de Hitchcock. Elle rouvre les yeux, droit dans la caméra, et lâche avec un sourire :]

« Vous savez, je suis capable de tout. Je suis une actrice. »

Dimitri, Aliocha,

Dix ans, avec les réductions de peine, vous êtes dehors dans cinq ou six. Ce n'est pas plus long qu'une bonne classe prépa suivie d'une grande école. Venez me voir à la sortie, on vous trouvera quelque chose. D'ici là, profil bas.

J'ai un peu suivi le procès, après avoir dû témoigner. Votre avocat a essayé de me faire porter le chapeau, sous prétexte que vous n'auriez fait que suivre mes conseils. Mais je vous avais prévenus : There is no free lunch. *Que ça vous serve de leçon.*

Luc

LA MER

« Aliocha, tu dors ?

Tu dors pas, je sais, je t'ai entendu. C'est pas grave, continue de pleurer, tu peux garder les yeux fermés. Elle était vraiment très belle quand elle montait les marches, non ? Tu as regardé ? Elle marche pas, ta télé ? Le collier lui va bien, y a pas à dire. Tu crois qu'ils lui ont offert ? Ils ont dû faire un partenariat. La série est un succès, on peut être fiers, tout le monde m'en parle en promenade. On est partis de rien. Et maintenant, regarde-nous. Non, pas cette prison, pas ces murs, ce plafond, je veux dire regarde, on est à Cannes, on monte les marches. Ou presque. Dans pas longtemps, quand on sortira, dans quatre ans maximum, peut-être cinq, on pourra dire qu'on y est arrivés. C'est rien, cinq ans. Ton Baudelaire avait raison, le ciel, c'est déjà une chance, d'en avoir un morceau… Faut que je te dise. Un nouvel avocat a repris notre affaire, je viens de le rencontrer : tu te souviens de Pierre, chez Madeleine ? Quelqu'un l'a payé pour qu'il s'occupe de nous. Il veut pas me dire qui. C'est grâce à lui que j'ai le droit de venir te voir aujourd'hui. Peut-être demain aussi. Bien joué, la tentative de suicide. C'est pas gagné, mais on finira peut-être dans la même cellule. On va s'en sortir, tu m'entends ? Pierre a reçu un mail de la part d'un mec à Los Angeles, un agent, qui a entendu parler de nous par je ne sais pas qui, il ne veut pas le dire non plus, il parle d'une lettre, de Cannes, du Carlton… Il aimerait qu'on la mette par écrit, notre histoire. J'ai dit qu'on allait réfléchir. Que les mots, c'était pas forcément notre truc. Pierre m'a répondu qu'il allait s'arranger pour nous faire passer un portable demain, que c'était OK aussi en vidéo. Il pense qu'on peut négocier une avance de trois cent mille dollars. Que ça pourrait intéresser Michael Mann. Moi je veux bien raconter, mais il faudrait que tu filmes.

– Dimitri…

– Non, bouge pas, Aliocha, dis rien.

– Dimitri, avant que j'oublie…

– Il nous reste qu'une minute. Garde tes forces pour demain.

– Non, maintenant. Il faut que je te raconte. J'ai compris ça tout à l'heure, quand je dormais. Je me suis vu au bord de la mer, j'étais avec Godard, en Suisse, mais ce n'était pas un lac. C'était la mer. Il me dit : "Regarde." "Je regarde quoi ?" je demande. Il ne répond rien, alors je regarde. Ce que j'avais devant moi. La mer. Au bout d'un moment, il me demande : "T'as vu ?" "J'ai vu quoi ?" je demande.

– Ben oui, t'as vu quoi ?

– Il ne répond rien. Je suis son regard, pour essayer de voir la même chose que lui, mais c'est difficile avec ses culs de bouteille qui lui servent de lunettes, on dirait un poisson dans son bocal. En même temps, un poisson, ça a de bonnes chances de voir la mer. Alors je regarde. Dans la même direction que le poisson.

Au loin, je vois un homme qui nage, et qui a l'air d'en suivre un autre, encore plus loin, un chauve avec juste une couronne de cheveux blancs, qui se détache sur l'horizon de plus en plus noir.

Je dis : "Les hommes, là-bas ?" Il répond : "Non, juste là. Devant. Encore une." "Encore une quoi ? je demande. Encore une quoi ?" Il pointe le doigt : "Tu vois pas ? Regarde là, à tes pieds, juste au bord… Une nouvelle vague." »

Dans ce livre il y a :

Gérard Depardieu et Catherine Deneuve
Jean-Luc Godard et François Truffaut
Dominique Besnehard et Luc Besson
Marguerite Duras et Michael Mann
Vincent Cassel et Fanny Ardant
Jean-Louis Trintignant et Isabelle Huppert
Jean Douchet et Alfred Hitchcock
Roberto Rossellini et Alain Resnais
Daniel Toscan du Plantier et Marcel Ophüls
Maurice et Sylvie Pialat
Eleanor et Francis Ford Coppola
Pierre et Jean Lescure
Jean-Claude Brialy et Jules Dassin
Steven Spielberg et Jean-Pierre Mocky
Marlon Brando et Cybill Shepherd
Brad Pitt et Scarlett Johansson
Marcello Mastroianni et Anita Ekberg
Federico Fellini et Pablo Picasso
Frank Sinatra et Brigitte Bardot
Raoul Lévy et Kirk Douglas
Elia Kazan et William Wordsworth
Jean-Paul Belmondo et Samuel Fuller
Blaise Cendrars et Jules Laforgue
Charles Baudelaire

Il y a bien sûr :

Aliocha et Dimitri
Madeleine et Jean-Lucas
Khatia et Diego
Guy-Dominique et Hugo

Il y a surtout :

la patience d'Alice
l'impatience de Manuel
le regard de Laura
l'oreille de Pierre
la *Perkins touch* de Marina Rozenman
la BRB de Laurie B et Franck D
l'équipe de choc de Stock
le crayon de Lucas Harari
le SIRASCO d'Henry Moreau
la PJ d'Olivier Norek
le barreau d'Olivier Khatchikian
l'expertise de René Bonnell
celle de Jean-Pierre Cottet
la culture d'Adrien Gombeaud
le feeling de John Truby
la vista d'Alain Tasma
le visage de mes amis
la vitalité de mes enfants
la fierté de mes parents
la confiance de Jean-Henri
la bonté d'André et Annie
la complicité de Micheline,
celle de Paulette et Patrick,
le soutien de l'AFCAE,
et la mémoire de Jean Lescure

Il y a aussi :

François Truffaut, *Les Films de ma vie*
Antoine de Baecque et Serge Toubiana, *François Truffaut*
Antoine de Baecque, *Godard*
Arnaud Guigue, *Truffaut & Godard*
Le Roman de François Truffaut, Collectif (dont Éric Rohmer)
Marguerite Duras et Jean-Luc Godard, *DURAS/GODARD DIALOGUES*
Marguerite Duras, *Le Livre dit, Entretiens de Duras filme*
Marguerite Duras, *Les Yeux verts*
Marcel Ophüls, *Confidentiellement vôtre*
Gérard Depardieu, *Lettres volées*
Gérard Depardieu, *Innocent*
Gérard Depardieu et Lionel Duroy, *Ça s'est fait comme ça*
Pascal Mérigeau, *Depardieu*
Alain Depardieu, *Mon frère*
Alexandre Fache, *Catherine Deneuve, une biographie*
Catherine Deneuve et Arnaud Desplechin, *Une certaine lenteur, Entretien*
Dominique Besnehard, *Casino d'hiver*
Jean-Claude Brialy, *Le Ruisseau des singes*
Philippe Noiret, *Mémoire cavalière*
Philippe Durant, *Les Éléphants*
Geoffrey Le Guilcher, *Luc Besson, l'homme qui voulait être aimé*
Federico Fellini, *Propos*
Damian Pettigrew, *Fellini, je suis un grand menteur*
Dominique Delouche, *Mes felliniennes années : 1954-1960*
Dino Risi, *Mes monstres : Mémoires*
Christophe Donner, *Quiconque exerce ce métier stupide mérite tout ce qui lui arrive*
Jean-Jacques Beineix, *Les Chantiers de la gloire*
Évangile selon saint Luc

Paul Verhoeven, *Jésus de Nazareth*
Henri Alekan, *Des lumières et des ombres*
Alexandre Astruc, *Du stylo à la caméra*
Takeshi Kitano, *Rencontres du septième art*
Ingmar Bergman, *Laterna Magica*
Peter Biskind, *Le Nouvel Hollywood*
Peter Biskind, *Sexe, mensonges et Hollywood*
Lawrence Grobel, *Conversations avec Marlon Brando*
Tim Adler, *La Mafia à Hollywood*
Sidney Lumet, *Faire un film*
Henry Jaglom et Orson Welles, *En tête à tête avec Orson*
Eleanor Coppola, *Apocalypse Now, Journal*
René Bonnell, *La Vingt-cinquième image une économie de l'audiovisuel*
Luc Moullet, « Les Lois secrètes du cinémargent »
Chantal Duchet, « Cinéma et publicité : le droit d'asile »
Laurent Creton (dir.), *Le Cinéma et l'argent*
Chronique d'une mutation, Conversations sur le cinéma (2000-2010), ouvrage collectif L'Annuel du Cinéma
Jean-Michel Frodon, *Le Cinéma français, de la Nouvelle Vague à nos jours*
Xavier Albert et Jean-François Camilleri, *Le Marketing du cinéma*
Les revues *So Film* (sur Depardieu et Deneuve) et *Positif* (sur Truffaut et Marcel Ophüls), *Télérama* (Deneuve)
Aldo Tassone (dir.), *Que reste-t-il de la Nouvelle Vague ?*

Il reste, pour finir :

Hiroshima mon amour, d'Alain Resnais
La Dolce Vita et *Huit et demi*, de Federico Fellini
La Notte, de Michelangelo Antonioni
Le Fanfaron, de Dino Risi
Le Festin de Babette, de Gabriel Axel
Van Gogh, de Maurice Pialat
Le Camion, de Marguerite Duras

Taxi Driver, de Martin Scorsese
Apocalypse Now, de Francis Ford Coppola
1492, de Ridley Scott
Heat, de Michael Mann
La Fièvre dans le sang, d'Elia Kazan
Les Ensorcelés, de Vincente Minnelli
Les Quatre Cents Coups et *La Chambre verte* de François Truffaut
Cléo de 5 à 7, d'Agnès Varda
Pierrot le fou et *Le Mépris*, de Jean-Luc Godard
Elle s'en va, d'Emmanuelle Bercot

Merci à tous de leur participation *gracieuse*.

Cet ouvrage a été composé
par Nord Compo à Villeneuve-d'Ascq (Nord)
et achevé d'imprimer en France
par CPI Bussière
à Saint-Amand-Montrond (Cher)
pour le compte des Éditions Stock
31, rue de Fleurus, 75006 Paris
en mai 2016

Imprimé en France

Dépôt légal : août 2016
N° d'édition : 01 – N° d'impression : 2023478
89-51-7385/1